锐
小说

水 下

走走 〰〰〰〰 著

南方出版传媒
花城出版社
中国·广州

图书在版编目（ＣＩＰ）数据

水下 / 走走著. -- 广州 : 花城出版社，2017.1
（锐·小说）
ISBN 978-7-5360-8203-8

Ⅰ．①水… Ⅱ．①走… Ⅲ．①中篇小说－小说集－中
国－当代②短篇小说－小说集－中国－当代 Ⅳ.
①I247.7

中国版本图书馆CIP数据核字(2016)第318239号

出 版 人：詹秀敏
责任编辑：文　珍　　周思仪
技术编辑：薛伟民　　凌春梅
封面设计：　　　棱角视觉
　　　　　　　　ANGULAR VISION

书　　　名　水 下
　　　　　　SHUI XIA
出版发行　花城出版社
　　　　　　（广州市环市东路水荫路11号）
经　　　销　全国新华书店
印　　　刷　广东新华印刷有限公司
　　　　　　（广东省佛山市南海区盐步河东中心路23号）
开　　　本　880毫米×1230毫米　32开
印　　　张　7.5　2插页
字　　　数　140,000字
版　　　次　2017年1月第1版　2017年1月第1次印刷
定　　　价　30.00元

如发现印装质量问题，请直接与印刷厂联系调换。
购书热线：020－37604658　　37602954
花城出版社网站：http://www.fcph.com.cn

目 录 ⬡

重　生

1

"走出这道门，你就得到了重生。"有人在我背后说道。眼前是五月的早晨，晴空看起来很真实。好奇的行人能从我这里看出点什么呢？一个习惯了佝着背的身体，穿着白衬衫，所有扣子都扣上了，身体一侧是一只大拎包。五年了，我一直等着这么一天，在我19岁的生日前一周。但是我还没想好。有人告诉我，我应该永远忘记过去的生活，从这个城市消失。可那就像魔术师变的戏法一样。没有什么会真正生出，或者真正消失在哪里都差不多的空气里。但我喜欢消失这个词。

注意到母亲消失，早在我发育之前。早上送，中午接，下午送，晚上接。四个来回，总是准时。在她莫名其妙消失之后，我一个人来回，放慢脚步。空荡荡的她的椅子摆在沉默的屋子里。父亲怒气冲冲。第一个月，屋子里经常有人来，显出空间的拥挤。人们为母亲开脱，认为这只是闹了别扭后的一次冲动。有一次，父亲喝多了酒，他把人们都推出了屋子。从此母亲的椅子无人再去坐了，它后来被丢在阳台上盛灰尘。母亲到哪里去了。

母亲消失前，有过几个傍晚，一家三口在林荫道上散步，看着太阳被树林吸走。三个人，没人能说出那些树木的名字。小小的草花在树下生长。我们慢慢地走，直到地上出现树枝的影子。那条林荫道非常有名，改造它的历史曾经进入我的小学课本。母亲消失后，我的心中浮现一个理想主义的想法：如果我知道那条道上所有植物的名称之后，母亲就会回来了。但那条道，连同那些小花园，不久就被压缩成了隔离带。马路被拓宽，美好的事物已经消失，永远不可能挽回。

所以我不打算回家。还是再见吧。那屋子就在市中心的三楼，朝北，采不到好光，整栋楼没有任何传奇，从来没有风光过，即使因为我，它被短暂地呈现在白纸黑字上，也没能上过头版头条。现在它被摩天大楼团团围住，眼看就要被彻底围剿。

我打算去找母亲。她消失后，有许多流言蜚语，但我不知道，什么才是可靠的消息。父亲似乎有先见之明，在她消失前，藏起了她的身份证。他们结婚十年。但这没能困住她。造假虽然还不流行，但据说，她有一个表哥在山城做官。她很美丽，是那种不稀有不精致的小巷里的美。那种美只有放在一个贫穷、脏乱的环境里才能引人注目。她离开几年之后，她的照片被一一损毁。有的失去半边身体，有的从胸部被撕开，然而这种损毁没有一点死亡的味道，她的眼睛还是含着笑意。最后她的形象完全从家里消失。但我一直营造着她那张脸，那张脸，我已经认定是她的了。事实上，我已经忘了她原本是什么样子。每当我想起她，那张脸就突兀地浮现在我眼前。我从没想过，应该进一步为那张脸搭配出一具身体。

开往山城的火车准时出发。坐在靠窗的座位，看着寄身多年的城市像脏东西一样从两侧被吸走，也许我的脸上有轻松的表情。我的脸像我母亲的，但因为眼白比较多，心情恶劣时有某种乖戾的凶相。这双眼睛以一种冷漠的警觉看看周围。人们在看报纸，往地上吐瓜子壳，有个小孩被母亲用拇指和食指捏着鼻孔，擤出一条鼻涕来。我闭上眼睛，慢慢陷入浅睡。然后，父亲出现了。他的全身被白壳裹住，他悲伤地看着我，他的嘴形在说，救救我。那层白壳像玻璃一样又硬又脆，我拿起榔头开始敲打。白壳出现了放射状裂纹，父亲的血从那些裂纹里渗出，流了一地。我猛然清醒过来，人已经黏嗒嗒一身汗了。

坐在拥挤的硬座车厢，坐在陌生人的喧嚣中，汗水和轻微的反胃，还有那种总觉得在被什么人窥伺的感觉里，我的寻找旅程才刚开始。

2

　　毫无预感，平地而起。一阵短暂的天昏地暗，阳光被屏蔽，白昼化为黑夜，在最后一道光消失时，一只庞大的怪兽，从地底下飞快跑过。风聚集，漏斗一样旋转，粉末般混沌的空气里，人体做着最后的跑动。房子坍塌，像掉在地上的生鸡蛋，再没有家的秘密，所有内容物流了一地，很快堆得小山一样高。

　　我是谁？还有谁在？

　　在预制板与水泥块之中，椅子、枕头、书页、家具的某个残部、变形的饭盒、沾满灰尘的鞋子和衣服，与房子的残骸混合。二十天内，这里的空气中将挤满灵魂的碎片，破碎的记忆，无法再拼凑完整的自我，割裂的血缘，隐藏在心里来不及说出的话，渴望实现的梦想，永远关上门的未来，昙花一现的爱情。然而在地上，是另一些大而空洞的字眼在回响：灾区，灾民，死者，幸存者。被区别对待。

　　即将结束还是暂无止境？

　　怪兽在动，人们浑然不觉。因为无法觉察，大地变成杀场，先是被人们诅咒，然后被人们记住，成为这一年的关键词之一。怪兽在地下乱翻一气，而我只是重重摔在地上。我觉得我想叫喊，我被山崩的噪音吓住了，它们在四周咆哮，但有什么堵住了我的口，尖叫声在喉管里上下冲刺，冲劲如此之大，令我整个身体颤抖。我想人们应该都在喊，但其实，我听不到任何的声音。恐惧像一整瓶红墨水倒进了一脸盆的清水里，扩散。

3

你在半清醒半昏迷中突然产生一种幻觉，你的身体慢慢变成一朵奇形怪状的云，它先将你的身体变平、变薄，再变得细长，变成一缕烟，轻盈地摇摆出来，然后，再变出腿，修长的脖子，支撑起自己的脑袋，稳稳地站在地上。

有一个瞬间你似乎看到一个人影在空中出现，是一个健壮的男人，上了一点年纪，穿着黑色的老头衫和灰色的裤子，头发上蒙了一层灰。他稳稳地站在空气里看着你。"你怎么还在这里？"你高声问他，"是找不到去那里的路了还是人太多了？"你知道他已经死了，对一个死掉的丈夫说话，尽可以直来直去。但是他挠了挠脑袋，一副摸不着头脑的样子问你，发生什么事了。你继续大叫，"有没有看到我们女儿？"他说他没看到。"你活该，你不应该抛下我就跑。"你指责他。"但是那块砖头，正好砸在我后脑勺。该死的，总是要死的，就这么回事。""现在你倒看开了。"你嘲笑他。"死是件好事，快点想办法离开这里。"他的声音突然近得到了你的耳边，那声音酥痒酥痒的，像是在轻轻咬着你的耳垂。"来吧，上面很快乐，你却还在下面。在下面，只会越陷越深，一直陷进黑暗里。"你开始害怕，"你到底想要我怎么做？别说了，赶快走开。"你重重闭上眼，男人从空中消失了。但是疼痛，疼痛的感觉又回来了。

疼痛踩着它呼啸的风火轮向你冲来，疼痛原来是一种可怕的噪音，它从身体的最上层向里钻，离心脏越来越近。连尖叫都被死死压住，没法从双唇间爆出。有什么办法可以刺穿这一切，让尖叫自由释放？男人又从空中向你飞来，来吧，他对你喊，现在就来吧。

残破却在生的生命如何去到那里？

4

什么是生存意志？就是一股躁动不安的力量，这力量让你知道，你还有一星微火。但你开始怀疑这一点，一开始，你不想承认，你觉得自己意识错乱了，你的运气一直都不错，这一次，也应该可以渡过难关。而且你不想再与死去的丈夫有任何瓜葛了，你要挺过所有这一切，重新开始。然后，你发现你在疼痛中屈服了。你在它下面，它居高临下，从你身体的正中心开始，向外四分五裂，将你的血变成钢筋，将你的肉变成水泥，你的血你的肉，再由外而内包住你，抓紧你，心脏被箍得无法忍受了，不知什么时候，它就完全征服了你。但你还有你的嘴、你的手指，它们可以动，它们听你的。

你没有信仰，但你开始祈祷，在你清醒的每一分钟，你在心里念：菩萨保佑。保佑什么呢？菩萨为什么要在这一天，遗弃这么多人？你知道奇迹是不可能发生的，沉重的水泥板不会自己挪开。只要不死就可以了，即使需要截肢，毕竟还是有痊愈的那一天。菩萨心肠，最柔软最善良最慈悲，自己是不是做错了什么事，所以要接受惩罚？

5

很久很久以前，就像所有讲故事的人都会用到的开头一样，有一个15岁的女孩在放学回家的路上捡到了一只皮夹，那个女孩那时刚刚走出校门不多远，她拖拖沓沓地往家的方向走，天气很热，她的皮肤因为出过一次又一次的汗而变得黏嗒嗒，连她自己都讨厌触碰到自己。那只褐色的皮夹就躺在路的中央，她警觉地看看四周，尤其是背后，然后，装作系鞋带，慢慢地蹲下身子来捡起它。打开，扫一眼，然后发现，里面都是钱。厚厚的。大喜过望，她一下子站起来，一秒钟的头昏眼花。她确定没有人注意到她。她从来都没有过零用钱。她没有信仰，所以，她不知道应该感谢谁。但她觉得，好像有一道门，安全的，为她开放了。

她终于有办法对付那只怪兽了。想到那只怪兽，她就会微微发起抖来。怪兽是个大块头，但它走起路来却轻盈得算得上蹑手蹑脚。在白天，它检查她书包里的每一件东西，打开她的作业本，如果不让它满意，它就撕下那一张，它这样虐待她的本子，却不许她在书上涂涂写写。没有一样东西是你的，它告诉她。在夜晚，它喜欢偷偷出现在她的房间里，有时在半夜把灯打开，房间里亮得发烧，它把她强行剥光，骂她贱得只想被人碰，而它偏不碰她，就是想用这种方式羞辱她。那是在她来月经之前。14岁的一天，她自己出了血。它开始抓住她，俯身压向她，用爪子堵住她的唇，尽情碰她。嘘，嘘。因此她没有向任何人透露这件事。它说她是它的。她不出声，也不反抗。怪兽的凶悍使她慢慢接受了自己的命运，她想，总有一天怪兽会离开的，而她只需要等。有时她会恨一恨她的母亲。如果母亲还在，她就可以逃脱。母亲应该比她更有办法。她是一个乖女孩。但是从天而降的皮夹使她在活到15岁时终于明白，她注定要去消灭那只怪兽的。这个念头一旦产生，她就始终想着了。

怪兽仍然待在我们脚下，它不肯离开，它懒洋洋，一天里，要翻好几次身。于是山像被子一样滑下来，废墟越来越高。总有碎石块在眼前嗖一下来去，总觉得自己在摇摇晃晃。空气变得浓稠，像一碗发臭了的肉汤。我能感到自己的焦虑不安，五年前的那个夜晚，有过类似的体验，但那一次，我只是走到阳台上，大口呼吸了一番。夜晚，就安静了下来。

6

在这第一个持续了将近 10 个小时，没有电，断断续续清醒的黑夜里，你首先想到的是女儿。

发现怀上她时，对你而言，是一个晴天霹雳。你把自己锁在卧室里整整一天，直到做出决定为止。那时你可以放弃她的，但你更需要她，来肯定一段经历的存在。当你自己成为母亲后，你满怀爱意，将胖胖的小婴儿抱在胸前，那一瞬间你心情激动，那个人的影像在记忆里匆匆出现，但很快就消失了。

女儿从来不知道，你给了她一个父亲，其实她在出生前已经被遗弃。你多想老天再给你一些时间，看她长大，但现在，你对她是否还活在这个世上毫无信心。女儿是个胆小的、纤瘦的女孩，这么大了，还要求你替她梳很难散开的"蜈蚣辫"。19 岁，她的美丽还没完全绽放呐。为什么没有人在怪兽的午餐里下药？它吃饱喝足，开始在地底下散步，那个时候女儿一定惊慌失措。她会不会像一只被折断翅膀的小鸟一样死去？也许邻居会帮她逃走的，那么，现在她会在哪里？千万不要躲在桌子底下，或者躲在床下，那些都会变成废墟。可你帮不上她。你想象她就在你身边，那么你会设法掩饰你对怪兽的恐惧，尽管你的手被压，一动不能动，你还是看到了自己抚弄她头发的情景。也许那只手会微微颤抖。这个时候，你真宁愿自己从来没有生过孩子。

你想起那次恋爱，那天你不过是在辫子上系了块手帕，格子的，那天的阳光似乎全落进了你眼睛里，你在一教室的学生中间，看起来真是发亮。你知道他就在那时锁定了你。你一直保持微笑，下了课就和其他女伴离开。你不会做那些女孩，一下课就去腻在男生身边。回到宿舍后你一个人照了很长时间镜子，打磨自己的眼睛与微笑，你对自己的窈窕与肌肤的光滑充满信心。他暗地里开始追求你。你向他献出珍贵所有。可是那最后一天是怎样到来的？你记得他站在你门前，低声恳求你让他进去。你不想与他争执，隔墙都是眼耳口鼻，最终他心不甘情不愿地离开。你佩服自己的坚定，但是，悲伤仍然像那晚的被子一样，把你从头裹到脚。

从大学回到家的第二个月，赶在第一个相亲对象可能改变心意之前，你就让那人娶了你。但是你们一直无法了解彼此的心思。

你结婚的那天是八月十五，那么热的天，你在镇上最大的宾馆门口却打了一个抖。婚后你发现他其实一毛不拔，你要用自己的钱买自己的衣服，还要为他买。这么多年你没有多少新衣服，有一件红色外套，你很喜欢，逢年过节都穿。经常为了钱吵架，就像一把钝刀，一下一下，但只是硌得难受。每个月你都必须确定自己的钱够支付女儿的开销，还有一家人的一日三餐。你总在忧心忡忡中，你们结婚后，他没请你看过一次电影，一次也没有，连结婚十周年的纪念日也一样。你们也没有下过馆子，连一顿火锅也没吃过。现在你回顾自己一生（是不是人死之前，都会这样？），好像只记得每样东西多少钱。

在这十九年里，他倒是显得心满意足，下了班就坐在房间里看电视，特别爱看动物世界。他也不太想证明自己是个父亲。他和女儿一起抢东西吃，试图抢下一个鸡腿或是一块排骨，不过每次都因为你的出手干预而功亏一篑。他已经有半年没碰你了。你见过他自己送自己到高潮，大大方方，当着你的面，把你当一片空白。晚上他仍然睡在你身边，于是一点忧伤抓紧了你。也许从你生下孩子那天起，他已经不再把你当妻子，但至少是个没负担的女人。虽然宝盖头上空一片阴影，但还生存在同一屋檐下。女儿还有个家，是的，一个家（可现在，没有人在家了）。

心里实在不安静时，你会坐汽车到省城去挤公共汽车。票价很便宜，男人们鱼贯而入，像搁在大转盘上的菜，油亮亮的，慢慢被送到你身边。有一次，有一位实在离你太近了，你的手似乎碰到了一个温乎乎的鼓胀体，你尴尬万分，怒目而视他，并拼命将手缩回背后。但是车厢很快空了下来，你注意到那人的水壶挂在长外套底下。那天你脸红红地回家，看见他仍旧盯着电视机看，心里顿时燃起一股恼羞成怒之火，这火一直熊熊燃烧，烧光你和他的美好记忆，在怪兽出现的那天，你们彻底成了各自飞的同林鸟。

如果可以出去，你想，你要过一种没有男人的生活。出去以后，要做的第一件事，是求人好好擦一擦自己。只能随地小便。你想要求别人把你送去医院以后，用微烫的水和肥皂把你洗一洗。天光光，水清清，赤条条。然后，你就可以被安置在白色的病床上，只盖一条薄薄的床单（你再不需要厚厚的被子，在你胸口堆积如山）。

有过短暂的几十分钟，或者半小时，你突然觉得浑身轻松，所有的疼痛，就像这些年来所有的摩擦、争执一样，大事化小，小事化无了。你闭上眼睛，看到了女儿的微笑。那微笑如此灿烂、快乐，你相信无论什么人，见了这样的微笑都会忍不住勾勒起幸福未来，于是你朝着那微笑伸出手去，几乎就要碰到。你却晕了过去。如此的疼痛。如此乱七八糟、左冲右突的疼痛。

7

这里似乎与外界已失去联络。这里好像已经被遗忘。被摇晃团团围住，山体的碎片四处抛散。在黎明的时候，你突然醒来，因为你看到迷彩的颜色在穿过废墟，你想你真的看到了那些人，你甚至听到了挖掘的声音。但这清晨，时间在继续前行，你仍在那个被怪兽俘虏的封闭的坚硬的环境里。你看着那个背靠着废墟睡去的女孩，既切近又遥远。你能做的，是昏沉沉，进入自己的时间里。

在你曾经因为爱情而痛苦的那段日子里，你迷上了做梦。在你的梦里，可以发生你想发生的事。每天晚上，你冥思他，苦想他，从这种想念慢慢过渡到睡着，好了，他就在你眼前了。有时你因为憋尿而醒来，再次入睡后他就在老地方再次出现，好像有人进入你的梦里，在你离开的时候按下了暂停键一样。真是说曹操曹操到，他的身影立刻到来。

　　"你现在在哪里？"你自问自答，"你肯定不在这里。唉，你是我这一生的最爱，真的，信不信由你。你是不会看到我这么些年的生活的，支离破碎，你给我的女儿成了我生活的意义。"很快，影子飘飘然远去。

　　那么梦，是不是跟轮回一样？轮回是一场轮盘赌吗？连续不断，可能被掷成老鼠，可能是一只鸟。但轮回开始之前，先得死去。

　　如果这辈子就这样结束，下辈子可以去做什么呢？如果可以选择，自己要做什么呢？石头，因为不需要死亡。或者鸟，可以飞，只要翅膀拍拍，就可以在怪兽头顶飞过。你突然想起一个密宗师傅说过的，修炼成今生成佛，就可以在临死前集中起自己的灵魂，让它独自成为一个黑洞，吸收其他飘散的、自己想要的灵魂，粉碎、搅拌、融为一体混为一谈，然后在身体死亡那一刻像练过轻功一样凌驾其上，毫不恋旧，进入一个婴儿体内。那新婴儿，只是一个旧人的变形。但是你什么都没做过，连香也不曾烧过。那么，是什么让你还活着？没有当时立刻死去？你是没有信仰的人，你总是怀疑这个，怀疑那个。比如，佛、菩萨不是有大神通的法力吗，既然要普度众生，为什么不在世间多多显像？这样不是可以直接证明佛的存在吗？人们不也会因此相信因果报应而多做好事了吗？如果让你看到戴着光圈的菩萨，你就不会再怀疑自己亲眼见到的证据。怎么能相信眼睛看不到的存在？可是现在，你这个怀疑佛的人，却在心里一遍遍念着阿弥陀佛（据说他将在未来掌管这个世界）。

8

两千多年前，罗马雄辩家、纯文学作家、思想家、禁欲主义者、阴谋政治家及高贵绅士西塞罗讲了下面这个故事。有人把一幅画给一个无神论者看，画上画着一群正在祈祷的拜神者，他们在随后的沉船事故中幸存了下来。其寓意在于说明祈祷能保护人们不被淹死。无神论者问："那些祈祷后被淹死的人的画像在哪儿？"

淹死的拜神者已经死了，所以很难从海底爬出来到处宣传他们的经历。这能够欺骗那些粗心大意的人相信奇迹。

9

在这里，黑夜给人的感觉是，你是落单的。白天与黑夜的温差极大，寒冷阵阵袭来。怪兽现在变成死神的模样，从夜空降临在废墟顶上。看不见它的翅膀，但是能感觉到它们在脑袋四周扇动着翅膀，也许它还有爪子，还有长长的头发，一并卷动起山上巨大的石块。没有地方可以保护自己，全看有没有好运气。石块滚落不眠不休。有一阵子，怪兽休息下来，人们放松戒备，这时，怪兽就会继续攻击。坐待或是拼命逃跑。但是它的速度更快。

在梦境里，我成了女英雄，可以使得怪兽暂时消失。在我恢复清醒（而不是醒来）后，我注意到自己嘴里的焦苦，在一个没有干净衣服换又忧心忡忡的世界，每个可以自由活动的人，身上的气味都不好闻。我低下头去看了看女人的脸，巨大的灰紫色在她的眼睛四周蔓延，那层颜色很奇怪，像能遮住骨架或者轮廓的颜料，在那层紫色下，她的整张脸都像一个垮掉的柿子。灰土在她的脸上与头发上集结，却又没有多到完全遮住。

我站起来，绕到这摊废墟的背后空地，蹲下撒尿，尿了很久，不是因为尿多，而是少而辛辣，每一滴的经过，都会带来一阵灼痛。之后，我又在她身旁坐下。一言不发。（如果我知道这方面的知识，我会让她保持清醒。）

整个上午，我们都一言不发。她似乎已经放弃希望。她的身上笼罩着一种奇特的与现实疏离的感觉，无关紧要了，所以可以任凭摆布，也可以说成是听天由命。打破僵局的是一瓶水。那瓶水是一个当地的女人送来给我。她看着这瓶水，她说想喝水。当地的女人说："你有内伤，不能喝水。"她也不争辩，她只是无声地看着水。当地的女人后来走开了。可我也不能喝那水了（那样显得我对她很漠不关心似的）。

"有水，人就能活下来。它凉凉的吧?"我点点头。

"今天是我生日，今天我正好满42岁。在家时我会烧很多菜，前一天晚上，我会把生日这天要穿的衣服整整齐齐折好放在床头柜上。现在却一个人。

"你能帮我去找找我女儿吗?"

我?

10

我看到了一个完全用废墟建造起来的小城。没有结构，连还没有成形的婴儿都不如。有人在用简单的工具掘地，好像那样就能逮住那只反复无常飘忽不定的怪兽。怪兽不像房子，也不像树，它没有根，但它像人一样，喜欢在风景优美的地方流连。随心所欲地摆弄积木，积木原本为人效命，但现在，它们蹲伏在路边。只有几处，积木仍然保持高大身躯，但身上张开了好几张大嘴。路变成开裂的拱桥。突然一个女人挡住我的去路，"你看到她了吗?"女人手上举着一张照片摇晃。我摇摇头，女人的手臂立刻垂下，从我身边走开。更多的人围着那些积木（它们一旦倒下，就成了捕杀人命的陷阱），边来回走动边嘶嘶大声喊，或者对着某个角落喃喃自语。到处都是嗡嗡的吵闹。

我打算从城的这一头走到另一头，路很不好走，地上没有任何东西是浅色调的，全是阴沉的深色调。至浅都是阴影。天却蓝得纯净，天壤之别。顺着有路的地方走，不时还能看到树，叶片都很脏，但没看到开着的花。城闻起来有一点点腐坏。爬坡或者下坡，不久我看到了一所小学，写着校名的招牌和撑起它的铁门倒在地上，像条巨大的蜈蚣。地上都是写了字的纸。老师们曾经鼓励他们的小学生们刻苦学习，努力攀登高峰。此山非彼山。在蜈蚣的背后是一堆大废墟，她的女儿据说梳"蜈蚣辫"。19岁的人怎么还像小女孩？她家应该就在小学的背后。我围着那一片走，并且呼唤着女孩的名字：吴裴家。吴裴家。

有几分钟，或者更久，周围如此安静，安静得又有些令人恍惚，好像眼前一切已经进入睡眠。站在这里，我是谁。突然，我感到自己的小腹一阵胀痛，有几滴腥热滴答而出。这时，我听到了回答。吴裴家，她由后被压住，还没有死，而我，活像个断了线的风筝，在她面前自由自在地飘动。因为她的突然出声，我有点发傻。是一整块预制板，为了抬起它我使尽全身力气，有人前来帮我，不止一个，能感受到一些力量，但是不起任何作用。腹痛一阵接着一阵，我想把那痛逼走，于是蹲下来。

她趴在那里，手臂在外面，可我不敢触摸她。我只能和她说说话。那声音不像是我的声音。我告诉她，"你母亲还活着，但她来不了。"我想说，你不会死的，可我再说不出什么，我只能听任嘴唇嚅动。连哭泣都那么难，原来眼泪也会受惊，会在眼眶周围凝结。

11

来吧，我的乖女儿。有多少次，你背对她，抹掉泪。这一次，要是她在你面前，你要抹掉她脑袋里可怕的记忆，她们还有很长的好日子可以过的。那个女孩，看起来和女儿年纪差不多大，她能找回她吗？你突然担心，女孩也许会迷路，不再记得回到这里。应该提醒那女孩做个记号的，你开始后悔。可你只能等着，你总是等着。一直到高中，只要等上一小时，你就会沉不住气，会跑去女儿的学校门口，有时还没下课，你也在那里张望。小时候女儿喜欢在操场上跳橡皮筋，后来变成打羽毛球，连门房老头都要笑你，真的，有什么理由紧张兮兮？女儿后来没考上大学，你也没怪过她，任她天天在家睡觉看电视，任她天天等你下班回家。

今天在你旁边的没几个人了，离开这个城市，或者去大路上等待救援部队。你好像又听见女儿打羽毛球时发出的安静的哒、哒。她的技术很好，打起来气定神闲，一下接一下，总能接住飞来的球。她是你的宝贝啊。然后你听到了脚步声。

她在你面前坐了下来，你问她，"看见我女儿了吗？"

她摇摇头，"我想她应该好好地，有人看见她向省城方向走了。"说完她笑了笑。

可你仍然不安。你愿意相信这个说法，但泪水却夺眶而出。谁还能来保护你的女孩？

很累很累。但还是要拼命问，这一切都是为什么。有时你又希望死神快点来，一了百了。你眼下真正渴望的，是宁静、安详、没有噩梦的长长睡眠。但是理智告诉你，不能睡着。为了对抗恬静的睡意，你强迫自己睁开眼睛，不许自己眨眼，但是很快，眼前一片空白，视网膜好像变成一张雾蒙蒙糯米纸。是不是下雪了？你想，那么白。你是不喜欢雪天的，年初就下了很大的雪，女儿还做了一个雪人。每天到了学校办公室，或是到了家，都要用力拍掉羽绒服上的雪。雪融时很冷，冷到在房间里开了暖气还要跺脚的地步。人好像读不懂天空的情绪，比如下雪前的征兆，又或者这一次。早晨起来，你在院子里看见两只翩翩起舞的蝴蝶，甚至觉得心旷神怡呢。老天还是万夫莫敌，你想，只是它为什么要席卷这个地方呢？

不知为什么，身上已经不再那么痛。只是睡眠变成了习惯，不知过多久会苏醒一次。每一次醒来，第一个瞬间，仍然觉得只是在发噩梦。你再一次恢复意识时，看到空无一人，没有人在你周围。难道这尘世一切都已烟消云散？你想活下去。你试着动自己脚尖，只有脚触碰到土地，才能走出第一步。可是你已经感觉不到脚的存在，你只是知道，它该在那里的，它本该，必定，会出现的。

必定会出现的是另一个朦胧的身影。他看起来那么英俊，高大，健壮，像你的第一个恋人一样，戴黑边眼镜。他的外套敞开着，黑色的，在风里飘起衣角。他向你招招手，大地就像筛子一样被筛动了，你在地上滑来滑去，就这样滑到他面前。你看到身边所有，被低低抛起，远远看去，像是一场巨大的舞会。你在这里干什么？你想知道，为什么他可以岿然不动？你听见自己的声音在说话，紧张得带着颤抖。

过了一会儿，那个高大的形象蹲伏了下去，大地静止，舞会结束了，你躺在那里，动弹不得。怪兽向你弯下腰。天哪，你害怕得又开始发抖，它要吸走我的气了，你的大脑开始放映反抗动作。你觉得心口猛然一紧，又一紧，就像那天上午，你在教室里看到他。那一次，你一样害怕，心脏会突然停下。然而，怪兽背对着天光站了起来，向远处走去了。

12

现在我要来形容一下怪兽的长相：看起来他长得不难看，鼻子有一点歪，中等身高，身板像一块麻将牌。怪兽不喜欢女孩的大眼睛、长睫毛。怪兽走路时的步子很大。

要躲开怪兽，得懂得沉默，得练出很轻手轻脚的本领，否则就会成了怪兽的活猎物。所以她的体育成绩非常好，她可以在3分20秒内快速跑出八百米远。那天下午回家后，她将钱装进了保鲜袋里，埋进阳台上的花盆里。那以后，只要房子里只有她一个人，她就会去那里，隔着泥土摸上一摸。

那个遗失了钱包的人，没有名字，没有脸，却经常出现在她梦中，她认定那是个身材比怪兽更结实的男人。

怪兽开展攻击前，其实不是没有预警的。为此她去过离家不远的一座寺庙，那里有看起来面容皎洁的观音菩萨。观音菩萨，大慈大悲，她在胸前合掌，在心里膜拜，但她没有钱买香来烧，然后她如释重负地回家。

就在那一晚，她觉得自己已经安全时，遭到了怪兽的攻击。她本来想大叫，走开，不要，但它压住她，捂住她的嘴，它继续，很有规律，由快转慢再转飞快。撞击的力量使她的小腹前后晃动，尖叫被闷在里面颤动，因此她没有说出任何一个字来。疼痛让她半清醒半昏迷，她突然产生一种想法，要是自己变成被子里的棉花就好了，这样怪兽就会扑一个空：棉花堆里没有漫长而狭窄的隧道。

她哭的时候它抓住她的头发，在她耳边警告她要保守秘密，否则，她会遭到所有人的排斥，会比孤儿更感到孤独。

怪兽很会谈条件，它说，"你看，你做这件事情又不费力。我保证你以后想吃什么我都给你去买。"怪兽又警告她，如果它是狼，那她就是那只小羊。要是被它发现，她不听话，它会用巴掌教训她。"你要明白……"这是怪兽的口头禅。有一次，有个男孩来她家，怪兽命令他不准出现在她家门口，给我滚得远远的，它喊。

她是它的地，完完全全属于它。

她开始安静下来，假装什么都没发生，但这是她给怪兽设的陷阱。

怪兽总是在她身上动个不停。她讨厌它，于是她让自己抽离，就像坐在鸟的翅膀上飘浮在床与天花板之间，她的分身俯瞰着这些。这样一来，事情就变得有些滑稽了。她发现，怪兽的武器，不过是母亲常常用的一段黑色橡皮管，母亲用那管子接住自来水浇花。怪兽的管子没有那么温柔，是冲，不是浇，而且在过程中始终保持恶狠狠。

它不过是浇浇水。她想。

有时那分身也会飞下来，无声无息地站在床单上，站在怪兽的屁股后面，试试应该有多长的尺寸，才能让刀扎透怪兽的整个臀部。不过大部分时候，分身不愿意离女孩太远，分身坐在女孩的额头上或是后脑勺上，仔细打量着怪兽的正面相。

白天房子里空无一人时，她就对着空气说话，对自己那个分身说话。后来分身决定：总有一天，不再只是做旁观者，而是成为主角、当事人。

有一个星期六，她醒来时发现自己在印了牡丹花的被子下又一次一丝不挂。浑身都痛。窗外是一天中阳光最盛的时候。因为痛，她不想起身，她看着被太阳照得发白的窗帘。然后，在那两片白茫茫的窗帘上，慢慢显出一个小黑影子，小黑影子用尖细的声音冲着她喊：起来吧起来吧你这个懒鬼，决定吧决定吧你就选今晚，杀了它杀了它我和你一起。

她听出是她分身的声音。她坐起来，问她的分身，"昨晚怪兽又来攻击我了吗？"小黑影子从窗帘上飞到她身边，"攻击？它是要吃了你！"她的分身跺着脚，用夸张的语气指着她的身体，"这里，这里，还有这里"，她走到镜子前，她的分身很夸张地用屁股对着她，避开看她身上的瘀青。她的头很痛，她站在镜子前，托着一侧脑袋，像一棵负荷太重的向日葵。"你是怪兽的小宠物"，分身嘲笑她，"看看你，多么百依百顺。"

"难道我是自愿的？可是它会进入我的房间，没可能锁上门。但我一定会把它赶走，我向你保证。"分身可没那耐心，"别傻了，你这个怪兽的玩具！它根本不在乎你那些小小的反抗，它的欲望无法平息，它的舌头在你的嘴里它的拳头在你的脑袋旁，你会被它吞噬！你这个软弱的家伙，你只想每天什么事都没有，平平安安过去，可是对怪兽你只能战斗。"

"我该怎么做呢？"

小黑影子耸耸肩膀，"昨天早晨，我在路上看到一个醉汉，他就睡在马路上，他就像昏过去了一样。"它补充道，"很多很多酒，否则你就死定了。"

她在床上坐下，小黑影子走过来，紧靠着她，它伸出一只手，抚摸她那些瘀青。

昏过去，她喃喃自语，我要你永远昏过去，永远别再醒来。

她的分身将那只手捂在了她的嘴上，"什么都不要说出口，你只有我这一个朋友。"

13

怪兽到底长什么样？你问。于是女孩形容给你听，其实怪兽的脸，没有想象的那么巨大。它躺在那里，就像个普通男人，只不过是强壮而已。脸上的皮肤疙疙瘩瘩的，像一张充满水分和油光的橘子皮。

这不是追赶你的那群怪兽中的一只。那群怪兽，会喷出火来，暮色里，半边天都发红。它们唱着歌，歌声难听，爆豆子一样，噼里啪啦，有时又打个隆隆的嗝。你是爱干净的女生，看它们把地弄得肮脏，碎碎粉粉，就觉得悲伤，就无可避免想跑在它们前面，那年你才几岁？21，22？轻盈曼妙，瘦削单薄，头上还戴着白色太阳帽，你那么灵巧穿梭，游刃有余。但是仍被一只怪兽追上，你是那样尽力奔跑了，在宽宽的大街上，从南往北跑，真是筋疲力尽，一步接着一步，一二一二，你必须要跑去见他的，你必须沿着路面向他赶去，就算流流河水，水深及腰，你也得跑。还有其他人跟着你一起跑，这是个乱跑的日子。你看到轮胎的橡胶都成了白灰，可你的鞋底居然还没有磨破。不知怎么，你身边一辆黑色小车就翻了。不知怎么，你会拽住一个男人的胳膊，平平地起飞，飞过马路上的水泥分道墩，低低擦过像蚯蚓一样满地勾曲的钢筋栏杆，你安全了，就这么回事。你没有回头看那男人，你奔跑的双脚使你不在现场。

然而五天六佛七窍生烟，没有神灵回应你的祈求，你终究没有见到他，他消失。从来没有人告诉过你，爱的反义词也可以是不爱，但那时你被恨冲昏头脑，你想你为何要庇护他，据说他只是穿了一件用丙烯写过几个字的 T 恤，就骗得好几个女孩陪着他散步，你想象他搂着女孩们的腰，沿着长安街往东散步。漫天白云之下，他为她们唱着歌。齐整的、悠长的散步，从海淀一直走到建国门，再有同样悠长原路等着返回。而你，那时你身材单薄，像支铅笔直上直下，你的爱如此满溢，胸部实在该高高鼓起像颗桃子才对。

你领取毕业证书，毕业证书金光灿灿，交给父亲锁进箱子好生看管。领取之前你必得走进那扇红门后方的大办公室，你看到一个男人五大三粗坐在那里，令你望之由衷生畏，你真诚忏悔，全程低垂眼睛结结巴巴表明自己对早恋的深恶痛绝。但你仍然被毕业分配的省中学踢下去好几级，踢到了一间县城小中学里。

你不知如何是好，只好抓出父亲做人生榜样。你11岁时母亲独自一人在家突发脑溢血死去，父亲可没表现出什么。你记得他上班加班下班，不多言多语，好像这和买来一只鸡杀了吃了不见了一样，是司空见惯意料之中。

上班以后，你以加倍学习展开另一场长跑，你在眼前摊开更多的书本，每天都背出更多，好像学的东西越多，关于他的记忆就会越少。

不久你在家乡生下了你和他的女儿。一直到她10岁，你还是喜欢亲手将饭菜送进她的嘴巴。后来女儿厌烦地推开你的手，妈妈，我自己会吃。她还小，怎么知道，你为什么要这样对她？她是你的一切，既是你的爱人，也是你的孩子。

再也没有人穿着白衬衫来找你，你也不再觉得谈情说爱有多有趣。有一年同学聚会，在省城，到了几个，没有人再谈理想，但后来喝酒喝到半夜，突然有人开始哼唱起《国际歌》，你借故先离开了。后来你开始跑步，你告诉丈夫你跑步是为了保持体形。每天晚上你就在门前那条道上来回跑，有时你会觉得，有什么在跟着你一起跑。然后你会回家，瘫在一张椅子上。

你认为跑步能让你忘记怪兽的追赶吗？他的眼睛看起

来很严肃。这是我在那天晚上学到的，你回答他，怪兽并不存在，只要我们不去想它，我们就可以生活在童话故事里，懂吗？每一件事的发生都只是冰山上的九分之一，我们这些站在地上的人压根不会知道发生了什么事。所以你让我如何去分辨事情的对和错？你也一样，你对怪兽是什么并不知道。要么，你去面对它，解决掉它。要么，像我一样，在路上奔跑，全部的真理、幸福，都在脚下，你信不信？你跑得越快，就可以离怪兽越远。怪兽，都是你虚构的，都是谎言，真相就在你跑过五千米后，持续的胸痛里，它就藏在被你吸入肺的稀薄冷气里。和我一起跑吧。你再一次昏了过去。

14

你年轻时，是一个很纯真的女孩儿，你那唯一的恋人曾经这样夸奖过你，说你如此少见，说你一尘不染，好像从来没有遇到过坏事或是坏人。他的手掌柔软平滑，在你肌肤上逡巡。这是他爱上你的根本原因吗？他第一次摸到你的乳房时，对它们的丰圆赞叹不已，你真像我的 Angel。他用英文用双手用舌尖和嘴唇赞叹它们。你只爱我的身体，一切幻灭之前你质问他。你的身体太美了，他承认，可惜我们时间不对。平时，你是完全回避去想的，可是现在，睡眠太漫长，无事可做，既然清醒如此难以忍受，还是回到二十年前的那场梦境去吧。

那天晚上，你打了一个电话给他，你打算告诉他，你爱他，你觉得那个时机很好，虽然你早该告诉他了。你想告诉他只要他没有死，还活着，你就会坚贞不屈地爱着他。可是他，非常不明智地拒绝了你，而且那声音是充满惺忪睡意的，你甚至肯定自己听到有女人在问他，是谁？对不起，你飞快地说，对不起，拨错了。

他的形象已经不太鲜明了，他在不远处的山上对你唱歌，歌声是那样甜蜜，听得你销魂蚀骨，歌词也动情，告诉你他的婚姻无法让他忘记你，这时却响起童声大伴唱，没心没肺的啦啦啦啦。既然他如此呼唤你，你就去他家找他了。他拿着一面塑料框包边的长方镜子来开门，一见到你就举起了镜子，好像那是一面照妖镜。你发现一张惨绿的沾满沙土的脸盯着你看（曾经的那张脸去了哪里？），你抓起镜子继续往下照，看到了自己肋骨被砸断的身体。任何一个人看到镜子里出现了一个变了形走了样的自己，都很难再保持镇定了。你尖叫一声，再次回到了现实。现实是，你在山一样的废墟下不断提醒自己，你还活着，还有未来。

难道是因为那一次恋爱，上天才惩罚你？可那是你的婚前行为，婚后的你可算得上严谨。就算在公车上动过性幻想的念头，你的行为却是自律的。那次短暂的恋爱让你有了个孩子，你对她也负了责任。如果上天真是因为这个理由，那么它肯定是老迈无用了。

不过这种思辨只会使人更加昏昏欲睡。似睡非睡时，你突然出现了另外一种幻觉，也许上天是在拯救你，地不是裂开了巨大的口子，而是除了你躺着的那块地方，整个消失了。如果不是用一大堆结实的土方压住你，随便一个小小的翻身，你就会从这块陆地上掉下去了，一直坠入未知里。

但这仍然是一次噩运，不是吗？

噩运就和故事一样，是被创造出来的。

女儿曾经问过你，突然的反义词是什么？你告诉她，是久久。正确答案应该是逐渐。

很多影像，就是在这突然一震之后，逐渐在你脑海出现的。是想象，还是它们已经存在很久？

15

你看见自己在一间办公室里，一开始你说，你和他不熟。但是没人相信你。在你耳边回响的只是脚步声，有时遥远，有时又逼到你近前，其实没有人对你大声吼叫，可你就是觉得耳鸣得厉害。"小姑娘长得还不错，怎么那么糊涂。"你听见有人在说你。是的，你有大眼睛。又有人一个字一个字慢慢地问你，"他是不是带了件衣服回来？你们全班都看见了。""他不是什么好人，不值得你这样。"为什么大家都在胡扯？

已经是晚上了，你不知道几点了，房间里没有钟，你是在路上被叫来的，没有拿上手表。你很想去他家看他，你们说好一起吃午饭的，想想看他该多为你着急，可那你就得说点什么。之前你犹豫了很久，但后来你想明白了，这是你早该做的事。你说，他确实去过那城市一次，你不清楚在那里他都干了些什么。总之，他好好地回来了。他的性格？一贯都是脚踏实地的呀，怎么这次会做出这么不明智的事。办公桌上有一只电话机，红色的，和那件衣服上的血一样，红得都发黑了，你很想给他打个电话，告诉他，快把他带回来的那件衣服烧了，一切就雨过天晴了。

你突然发现，自己其实逐渐得了局部失忆症，从那年夏天开始。

16

"你真是幸运，"你问我，"人能有多幸运？"
谁才是真正的、终极的，奇迹制造者？

17

因为身体无法动弹，你渐渐分不出，过去、现在，或是未来。每个时刻都像做梦一般。

在已经被你忘记的过去，有一段时间，你总是做着这样两个梦：你知道城里出现了一个专吃女人的恶魔，它对所有的攻击方式了如指掌，但女人们对它却知之甚少，甚至可以说是一无所知。她们只知道给门窗上锁、加固。你知道这一天的黄昏，它将为你而来。你听见它在屋顶上盘旋，于是你奔出去，对着屋顶大喊，但它却只给你扔下一根羽毛。整个城里空荡荡的，人们躲在门窗后，猜测你因为恐惧而发疯了。

或者是另一个梦：你看见他向你狂奔而来，白衬衫上都是血，你知道他在为求生而奔跑，他甚至跑出了S形，S形，多么灵巧，难以被瞄准。在他后方，尘土漫天，很多人，很多车，缓缓逼近他。有什么击中了他，他摔倒在你的脚边。他一直盯着你的眼睛。你跪在地上，任他凝视。

这两个梦一直让你很惶惑，为此你去找过一位学心理学的朋友，她告诉你，第一个梦，说明你害怕当众孤独。第二个梦，说明你害怕无法与你爱的人在一起。

你决定被人从废墟下救出后就要去尝试找他。你有一种直觉，他的妻子这次遇到了最坏的情况。你会在他最艰难的时刻陪在他身边。你和他的女儿也会分散掉他的注意力。你会天天为他细心烹调食物，让他对自己的后半生怀着一种难以言喻的满足感。日子一天天过去，你们一样可以白头到老。你甚至听见空中响起邓丽君的歌声，他穿着白衬衫在远处出现。头发和眼睛黑亮，帅得让你心痛。可就在这时，一阵喧嚣打断了乐音。许多年轻人在相反的方向出现，男孩们都穿白衬衫，袖子管卷到胳膊肘上。女孩们穿圆圆的花裙子，他们如此朴素又如此鲜艳，衬托出观看的人群黯淡而庸常。可你觉得不安。你想大声警告他，但是他们已经相遇了。你离得太远，听不清他们互相都说了些什么挑衅的话儿。也许那支队伍打头的男孩开始侮辱你？总之，周遭的人群摇旗呐喊，到处都是重重身影。两个年轻男人将外衣脱下，扔在身后。箭在弦上，不得不发。结果你的他倒地。胜利者捡起他的血衣掷向你的脚下，你捡起它，看着他们掉头远去。

好像是这样，又好像不是这样。很快，你又看到更奇怪的幻影：你和其他女生一起，坐在夏天的阶梯教室里无所事事。穿着白衬衫的他站在讲台上宣讲着什么。突然，他举起一件沾满鲜血的衣服给你们大家看：看看，这是她的第一次……你感觉自己一下像被剥光了吊在半空，白色的衣服暗红的血，你对他的爱被碾得粉碎。后来警察走了进来，你指着他哽咽：就是他，就是他。很快，他被押上一艘灰色的小船，浪涛卷着小船，起起落落。他要去往的，是一个灰色的小岛，小岛铅灰的天空压得极低，岛上没有树，没有花，没有鸟，没有可以仰望的星光，什么都没有，灰色的粉尘有些微的毒性，要不了人的命，它们只是无声地跟着风跑来跑去。据说，人在那个岛上很快会感染一种老化病，头发很快就会变白，一直白到每一根汗毛。不，他临上船前还安慰你，没有那么糟糕。为了你要的东西，首先你得学会付出。他的声音从远处一路翻滚着过来，变成了耳语：为了有朝一日踩在坚实的土地上，你得先在海上漂泊经年。他的同伴们开始唱起歌来，唱得越来越大声。那个六月的凌晨，冰冷洁白，荷包蛋黄将破不破，然而你被那歌声吓坏，也失去耐心等到破晓，你转过身去，觉得自己的脚步才更真实。

18

他仍然穿着白衬衫，扣子扣得一丝不苟，轻盈地落在你的眼前。真是难以置信，他居然还是那么年轻。你好像在他身后看见了月光，又好像看见了一片湖水。那年夏天开始得太早，你还没机会和他一起去游泳。你会很多种，蝶泳、蛙泳、自由泳，为了让他笑出声来，你也不介意学一学狗刨。你是来接我的吗？你冲着他喊。他点点头。你知道去天堂的路？他摇摇头。不，我不想去地狱。你大叫起来。不要这样，我亲爱的，他的声音温柔沉静，天堂需要诚实，你只做错过一件事，去面对它，就这么回事。你现在居然还对我讲大道理，你气得想笑。是你把我交出去的，他的声音更近了，你是我纯洁的白鸽子，却藏在了乌云背后，把我一个人扔在没有文字的黑暗里。你突然感到有些害怕，你到底想要我做什么？

也许他不知道吧，当你听说他已经离开那个灰色的小岛，回了自己的家乡，你因为想念他而连夜坐上火车，10小时 29 分后到达省城，之后是长途汽车，然后，还需要走上整整一天，你可没有裹足不前。离他越近，你越感觉心脏被一股紧张不安的力量攥住，你想那就是爱情的力量吧。到了下午 5 点，你的双脚仍然在矿区里脚踏实地地前进，你开始怀疑，也许你永远也走不到他所在的地方了。是多么令人难以置信的勇气，你继续走了半个小时，终于见到他被分配来教书的矿区职工子弟学校。然而那里的人们回答你：他又莫名其妙地失踪了。他们带你去看他的宿舍，空荡荡的桌椅摆在静默的房间里，他的失踪凸显出家具的寒酸。他们面对你因失望产生的微微怒气，胡乱说着虚词，为失踪找理由：唉，他一定又是，他向来都有点，反正他就是不见了。因为不知所言，他们将矛头指向你：你为什么要来看他？你是他什么人。你回答不出，人群很快散去，你像他房中的椅子，无人理会，丢在地上沾灰。

他到哪里去了？那时你一筹莫展，为很快到来的夜晚而惊慌焦虑。看看天色，已经很晚，地方空旷而巨大，这学校就像一块灰色墓碑，标识出被城市遗忘的后果——就在那里，学生们连最简陋的图书馆也没有。你开始嘲笑自己，如此大费周章却一无所获。就在你打算离开时，一个老师指了指远处的一间平房，告诉你，那里住着他最好的朋友。

那房子，在巨大的夜色下透出奄奄一息的灯光。

你转过头去，看到那位老师抽着自己卷的纸烟看着你，不知是不是等着看笑话。

我难道没有去找过你吗？为什么你总是爱玩失踪？拜托有点责任心好不好！你对着他大声喊道，他将在你的质问面前哑口无言，你敢断言。你知道吗？那天晚上，我心里怕得要死。如果你可以自由活动，你会在他面前跺脚，摇晃身子。

那天晚上，发生了什么呢？他问你。

你敲了门，后来敲改成拍，总算有个戴眼镜的中年男人来开门了。他失踪了，男人告诉你，他以前就失踪过。夜色茫茫，你渴得不行，看见门边不远处就有一个水缸，你跨进一脚，但他轻轻地把你整个人推出了门。你别进来，他说，你要喝水，我给你舀。你喝完水他接过水瓢，门就关上了。可是现在，你要以怎样的口气告诉他这个故事呢？

19

我放弃了，我为你哭过，在路上踢了几块石头……不知道在废墟之下，他是否看得见你的泪光。那时没有人知道你去了哪，问过一些朋友，但也没有什么可靠的消息，那些年，我坚持读报纸，听广播，看新闻，那时还没有网络可以随便搜索，后来我被这种在字里行间捕风捉影给弄烦了，你是谁？一个前男友呀，对不对？我结婚，丈夫对我很好……嗯，他点头，你还是很美，还没有变得很粗糙，你的皮肤、眼神都证明你不用过另外一种生活。哪一种生活呢，他继续自言自语，贫穷的、沉重的，就像我们这块土地一样的生活。

他真的觉得你过的生活坚实光滑？从小，大家就觉得你个性坚强，否则你怎么能对像河马一样大喝黄酒，大剌剌把痰吐在门前地上再用鞋子碾一碾的丈夫熟视无睹？你只是知道自己该要什么，也知道如何继续下去。我只是有勇气接受自己选择的命运，你喃喃。我也是，许多年前，你知道，曾经，我是个很怯懦的人，我因为怯懦，做父母要求我做的一切事，但我庆幸，我终于做了一件勇敢的事。

你突然想起，你似乎是收到过他几封信的。"而我，只有一样变化，那就是老而呆痴"，他在信里写道，"羡慕也没有用，听听《二泉映月》，有比咱还悲惨的"，这几句话，你用红笔圈了起来，你现在突然想到了那些信纸，被你锁在抽屉里的，应该也被压在了废墟之下，开始腐烂。腐烂是无所不在的。那些字，一笔一画剥落，失掉了意义。就像那年夏天，他在墙上贴的那些海报，斗大的字，宣告着他的爱，看着像是俯瞰着人群，但从清晨到黄昏，像人一样会犯困，眼皮越来越重，开始从墙皮上低下头，越来越低垂，狂野倾颓，几个露水之夜，它们就整张整张剥落。也还有几张顽强挂在墙面上，但像王失掉了左膀右臂，最终被一把撕下，直接从断头台上滚开。再后来，整个布告栏一无所有，水泥墙面空荡荡。

20

你好！

一晃竟然有两年多没有给你写信了。今天写信的主要目的，是希望你高抬贵手，将墙角桌下一堆堆或将扔掉将卖废纸或已蒙灰盈尺的旧书废报垃圾文字，打成邮包（若干），惠寄给我，以便我等劳动流汗之余，开开眼界，饱饱眼福。不知可否？

当年（当年！）倒是有朋友寄来书刊无数，我自己翻阅之后，悉数送给他人传阅，一段时间，在厕所里蹲着的几排人马，人手一册文学刊物，场面令人心酸，足见文化生活之重要性，也更显寄书一事功德无量。有时候，有人来借书，问他看哪些方面的书，回答说"有字就成"。以此来教育那些占有书报却不屑阅读的奢侈的人们，有文字的读物（且不论日期，比如几十年前的一本旧杂志）对许许多多人来说，仍然是一份珍贵的精神财富。

自那年年底之后，我投入到紧张的生产劳动中去，一直持续一年半左右，去年情况大有改观，劳动依旧，流汗依旧，只不过多了些看书学习的时间，已是感激不尽，倍加珍稀。这段时间，冰雪早已消融，春暖花也开放，眼看炎夏就要来临，抓紧点时间看看书养养眼，也算是小有怡情，苦中作乐吧！

在这里，除了偶尔给几位老朋友写写信，我和外界几乎没有联系，偶尔照镜子，观察那几根硬刺般的白胡须，只恨恨地感叹岁月无情呵！再偶尔看看电视，里面的人仿佛在天外行走，里面的事好像是真的。有一天忽然想写诗了，拿起笔，却突然不知诗为何物，竟然一个字也写不出来，我坐在床上发了一下午呆，晚饭也没吃，算作对自己的惩罚。

百忙之中，写几个字寄来吧，一瓶汽水的功夫，花不了你多少时间。邮寄刊物的费用，今后我给你报销即可，就当小额定期存款吧。

祝：心情愉快！

21

你好！

…………

希望在方便的时候多寄些有汉字、有图片的各种学习资料来，寄书报杂志很方便的，也不会引起什么麻烦的，甚至可以不写你自己的姓名地址，只要是学习资料，内容健康向上，能够帮助我们提高思想觉悟，端正劳动态度，安心积极改造，树立对未来的美好信念，那么，我们一定不会辜负大家的期盼，努力搞好学习，合理安排自己的业余时间。

春安！

22

我在这里一切均好，天气开始炎热，但我始终奉行"心静自然凉"的信条，多看点书，增加点信息量，以尽力平抑烦躁之火。

记得我曾经说过的要写小说的事情。那是许多年以前的规划，但一转眼，规划中的那个年份已经到来。写作的冲动与不便写作的困扰让我焦急万分……

夏安！

23

这段时间天气无比闷热，身上一阵阵的热汗，汗水把手中的笔也打湿了，为了不让你一打开信封就闻到一股酸臭腐朽的汗水味，我坐在床上（上铺），背靠着墙，旁边准备好一卷卫生纸及时擦汗。几天来想得好好的一些内容，竟然也随着汗水无情地远走了。要知道，一个多月以来，为了战胜中暑，为了能保持一个清醒的头脑给你写信，我已经喝下了无数支"藿香正气水"，这种状况，恐怕你要发挥一下想象力了。我是一个不善于诉苦的人，因为我早已明白，这个世界上已罕有人愿意倾听你的苦难，或者很少有人能有切身体会。那么就让我们在欢快友好的气氛中为和平友谊共同举杯吧！让我们在焰火中、激光音乐中，在美如流光溢彩的美眸中把这一切尽快地忘掉吧，让我们抓住岁月的尾巴，横扫物欲之流，乐不思蜀，乐而忘忧吧！

　　天气虽然万分闷热，但我们不忘看一点闲书，写几句抒情诗歌。日积月累，有时细细一数，还真不少呢。这里给你抄其中一首，仅供参考，多多批评与指导。你批判有所不妥，我不会有意见的。前天中午从一头热汗中清醒之后，抓起笔竟然一口气写了一百五十行短诗。可笑的是，其中，许多熟悉的汉字竟然死活想不起来。比如吝啬的"sè"字，正准备去查字典。《三国演义》里那个荀彧的彧，曾查过三遍，竟然又忘了，明天到车间去找那本小字典，再查一遍。

　　…………

　　也许这世界，本无所谓期待，无所谓超越，全然是愚人的自说自话吧。想想，又尽快释然了。想想，当年我们在学校河边种种对文学的初恋的感觉多么美好，只是很快否定或忽略不计，那种原汁原味的"文学的味道"，才是真正的色香味的一道午后茶点，就像此时此刻我坐在床上，一边无聊地期待着什么。

　　祝好！

童　年

安静下来，读几页情诗
女诗人纤细的脚步
轻轻地走进大地
安静下来，在几张
怀旧照片上涂满各种色彩
在她脸上堆满愁容

那段黑暗的日子
即将过去
隔着铁丝网　我怀念
长满泪水的老屋
十月大街上的寂静　午后
从树荫下开出的运尸车

安静下来，我不想旧事重提
你们看上去孤独无助
睁开黑洞洞的眼睛
凝望远窗，高呼无用的手
你们面朝大海，等待春暖花开
你们衣食无忧，不知死期将至

24

我可以帮助你，他向你承诺，我还记得你年轻纯洁的灵魂丢在了哪里。他向你飘来，好像一个游魂，可你却一点也不害怕，他是如此年轻，高大，英俊，头发黑亮亮，微卷，因为蓬松而性感。他向你弯下腰，双手抓住你的双手，全神贯注凝视着你，然后，轻轻亲吻你的眼睛。你会恢复你失落的记忆，找到真实而正确的影像。

25

你的视线重新恢复，其实你的身体已经不再疼痛，但你知道，它还在流血。你向来无法忍受疼痛，一直是个"碰哭精"，他就嘲笑过你的爱哭。那时你还反驳他：谁会喜欢疼痛？如果不是因为害怕地狱的折磨，真会有那么多人信佛信神苦修今生？你突然清醒过来，意识到自己也许注定要被迫呆在这里，待在一堆石梁破布之下。也许地狱不过如此。

求求你，留在这里陪我一会，时间不会很长，你好好陪我说说话吧。我想上天堂，但这种待遇不是每个人都能享受到的。你说过我像天使，那只是以前，很早以前，二十年以前，那时我或许有那么点像天使。不像现在，一个自私的女人，只想过太平日子，甚至伤害到你。现在的我和以前不一样了，以前的我比较可爱。

嗯，他点头，你不该说些你自己都不了解的事，那些真是幼稚的话，你可以什么都不说的。

可你不知道那时变成了什么样子。你忍不住为自己辩护，人们总有一天会知道的，被孤立，被隔绝，但只要你肯开口，你就立刻有了朋友，有了工作。说到这里，你的眼泪都流出来了。

嗯，知道，他说，这不怪你，在信义这方面，我们没接受过什么教育。其实我那时的回答也不比你好到哪里去：我在组织上跟他们没关系，在思想上不赞成，在行动上不参与。唉，其实也是一种撇清。他的声音越来越柔和，好似一种催眠，但是没关系，让我们一起清空内心，这样它就有能力发出光来，好对抗你身边越来越黑的黑暗。

那我应该怎样做呢？你问他。

他现在看起来如此温柔，清空是很容易的事，对你做过的一切错事，你都真心忏悔。如果你愿意说你错了，如果你愿意说对不起，而且想一想那些可能被你伤害到的人，那么你就重新干净了。

26

你重新睁开眼睛，你想象自己的身体慢慢蜷缩起来，蜷缩成在母亲子宫里的样子，然后，在这个新的破晓前夕，愉快地向着他无限舒展开来，那是一个非常柔软、自在的姿态。对不起，对不起，对不起……你喃喃自语。这时，你感觉自己如释重负，你已经永远摆脱了那强迫住你的巨大的废墟，你甚至在空中被掉了个个儿，现在你是头下脚上了，那是胎儿滑进产道的标准姿势，他张开手臂拥抱住你。你的心情如此轻快，就像一张白纸。在你们的下方，正等待你们降临的，是你们涅槃重生的目的地。你隐约觉着了初夏淡淡的温暖，新的一天的光线正从某一点汩汩而出。

27

我还活着吗？没有足够吃的，没有足够喝的，呼吸到的气体又是乌烟瘴气，人似乎处在一种轻度晕眩状态，这个时候，疑问会特别多。为什么我可以活着？是上帝在空中为我罩了保护罩吗，然后我就可以任意趟过一道道地缝？可我不是值得保护的天使，上帝绝对不会专门看顾我，没这回事儿，但如果不是这样，那我又为何如此健康。你看，我知道，我还是真的，是个活着的人。我的手可以挥动，想几下就几下。

上帝的决定，我无法知道。我知道的是，你死了。

幸好阳光现了身，阳光即使出现在斑斑血迹之上，仍然可以用晴朗、温暖来形容，它刺穿了混沌的布满粉末的空气，也带出一些人体的臭味。我看出你的脸色完全不对了，绿色的皮肤上撒着土颗粒，你的眼睛没有完全合拢，有一瞬，眼皮动了一下。那些蛆，用力爬出来。我眨眼，揉眼，但那惨淡的绿色拒绝改变，于是我知道，你是从这里坠入更深的一个地方了，地会开得更大，一路都是死魂灵，地下的河流流过你们，就好像你们是需要洗涤的水草。在改头换面干干净净之后，你们会去另一个地方，某个虚无的地方，没有腐败的气味了。天堂？可我想象不出。

你是谁？

28

如果这一切拍成电影，那么导演或许会这样处理：人们在尘土中拖沓前行，他们在逃离这座死寂小城。他们一小群一小群走，背着他们能找到的东西。在他们背后，死亡正在进行，而生命在前方等待。女主角会穿着白色沾满血的衣服，披散一头乌黑长发，发丝在风中群魔乱舞，好像这就足以发泄悲伤与愤恨。

怪兽是大自然派出的复仇者吗？人们待在自己那时候该待的地方，不知道某种惩罚正在等待他们，某种复仇，大自然的复仇，复仇没有光明和黑暗的界限，因为好人和坏人的界限是模糊的，很多时候，复仇施加在无辜者身上。

在这个破散的小城里走上一圈，大概要花 4 个小时。然而阳光还是从天上洒下，植物还是古怪地欣欣向荣。有一小群羊从山坡上走下，在凉爽的青草里获得它们需要的水。

在我离开时，你周围的许多身体已经开始腐烂。也许还有人没有死，不过也死到临头了。就好像，大家耐心地安静地在休息室里等着，叫到自己了，就去推开另一道门。也许是在发烧，走过你们时我一直在颤抖。其实我没法看清你们。所以我来描述一下，离你不远的一个人体模特。女性的身体，歪斜在废墟上，失去了脑袋，脑袋是从胸部断裂开去的。郁热。因为众多肉眼不可见的细胞分子，空气如此黏滞浑浊。走到远处再回头看，只有建筑物纠结成团。在此之前，直升机在一些地方降落了，部队慢慢地前进，在加气站，运送人群的大巴等着领导的签字。但是，不是这里。它孤零零地堆在那里，上面再罩上一层轻薄却难以穿透的死寂。只有动物充满诡异的活力，狗和兔子一样焦躁不安。

再过一些时日，这里的一切会被清除干净。然后水会灌入这整个小城，尘也好，土也好，全被冲个干净。空气与大地会被消毒粉净化。在净化过的空间里，一切或许重新开始。有消息说，一百年后，怪兽才可能再次追逐到这里，真是一段长路呵，但人总是会被死神的各种化身团团围住。非此，即彼。

最后一次在这个小城上行走。一座石土之下的城。越过废墟与废墟，在下方，有时可以看见空隙里某个路牌的名字。没有人间烟火的地方，空气也显得稀薄、迟钝而寒冷。走路时需要高度集中精神，在这不可思议的高处，我好像重新窥见了自己那个装满木头家具的老旧黯淡的家。回去以后，要把帘子换掉，换成十分轻薄的。要去买一架新的床，床的上方用纱撑出有褶皱的顶篷。

我为什么要去想象以后的生活幸福快乐，是想要假装眼下这个地方并不存在吗？

但无论是在安全的铁栅栏里还是在这里，怪兽的脚边，总有一些如此爱抱怨的人。在我回家的火车上，我听见人们对很多事情批评个没完没了：物资没有均衡发放到每一个人的手上，会被有些人拿去贪污掉；妇联忘记了卫生巾；为什么有些地方没有电只有蜡烛；防疫工作不到位，很不安全；为什么不买更多蚊香发放，而蚊子、蟑螂和老鼠又长得飞快；我们的医护人员是多么没水准，刚开始几天居然不知道要为伤者打一针肾上腺素……那么多抱怨，看来他们的确是受过良好的教育，他们懂得如何头头是道。可我却觉得，没有任何事情值得述说，完全没有。这种感觉和当初杀死怪兽的感觉如此相似，虚无围绕着身体，像是一种嗡嗡嗡的低频波，为了摆脱它，就只能打起精神，装作这个世界有很多应接不暇的事。

29

242 弄，18 号，201 室。想搞清楚自己到底是什么样的人，最好还是回到老地方。房子在老地方。往事像空气一样进入，充满。往事无色无臭。怪兽没有亡灵。铁门嘎嘎响，木头房门缓缓开，记忆里的事物，它们更旧，更脏，但都还存在。墙上的风景画，家具，用来洗干净手好打110 的肥皂，玻璃窗上的彩色粘纸，床头的小方闹钟。桌子上还放着课本。没有人动过它们。它们只是像树叶一样，中了时间萎缩的暗算。清理。不同的杀法有不同的喷溅法。流在地上的那些干涸的暗红，比较好处理。墙上那些喷溅型的，怎样也清理不掉，除非把墙都敲了。只好粉刷。粉刷也只是遮挡一下。法医学的书上说，喷溅型的血迹才真正讲述故事。可我回到这里，不是来重新听我的童年少年。我的青年生活，我必须给我自己机会。

在家附近我找到一个送快递的工作，每天开一辆电子助动车跑来跑去，可以戴着耳机听音乐。没有什么邻居和我说话。好几次，隔着耳机，我听到某一个对另一个低声说，你看，就是她。有一次，有人问了我一个问题。我笑着摇摇头，听不见。我没有拿下耳机。那女人再问我一遍，我依然保持微笑，重复同样的回答。那女人，对这回答不会心满意足。

我努力做到，每天平平静静地过去。不久就交了男朋友，比我小一岁，是个魁梧而粗俗的家伙。没有尝试去了解这个人，也没有长期生活的打算，连中期都没想过。在他把脸凑近我的脸时我就认定他是我的梦中情人，所以接下来的一切理所当然，我飞快地对他开放了所有，他没必要假装爱抚心灵就可以直接进入。渴望被打开，渴望身体里的毒素通过这种方式流泻而出。没有丝毫的自怜或自厌。

30

沉静地活到这个年纪，她已经知道死亡是什么，死亡不会比活着更痛苦，她对自己信誓旦旦。她今年刚好90岁。一天里有很多时候，她从她沾满灰白尘垢的卧室窗户眯着眼睛向外看，看着不同日光下楼下的林荫道。这是看人最好的位置，人们进进出出，活动着的人和狗，远看这些已经成了习惯。每天只做一些重复的事情，让她有永恒的感觉，其实她也清楚自己老态龙钟，去日无多。

有时半夜睡不着，她也会在黑暗里摸索着下床，站到窗口看看天亮前的楼下马路。那个时刻，什么时候会来呢？把窗向两边费劲地推开，风于是来看她了。她的童年是在苏北滩涂边长大的，她还记得波涛接近时的样子，阎罗王会不会站在船头来找她呢，一群眼睛比铜铃大的小鬼起劲地挥动船桨，船像飞一样扑向她。可是她确信这一幕不会发生，据说能看见那些来捉人的小鬼的，都是天赋异禀，能看见阎罗王，却看不见眼前的现世。

外孙女在喊她吃中饭，她点点头却没有应声。她的丈夫死去很久了，总有十来年了，也许夜里他来看过她，但她的眼睛已经很不好，即使他在她的床边坐过，她也无法看出一道坐痕或者一个有点下陷的枕头来。有时候，房子里会有一些窸窸窣窣的小声响，她会认为，那是他进门了。在这幢老公房里，他们一起度过了三十多年，墙纸的每个细胞里都住满了记忆，也许那只是回音。基本上，房间是沉默的，像坟墓一样哑口无言。

女儿外孙女年年烧纸钱，她对那些假元宝嗤之以鼻。阴间是什么，就是结束了的阳间。她想到这里，嘴巴瘪了瘪，看起来一副胸有成竹又有点不屑一顾的表情。她曾经是个充满活力，喜欢在海边跑来跑去的女孩，喜欢捡寄居蟹。她身高一米六，除非疼痛压弯，她那瘦削的背脊总是尽可能挺直。头发齐耳，年轻时头发更短，那时为了避免引起日本人的注意，她的头发贴着头皮削，男人也不过如此了。头发剪短以后，比起从前，要孤单许多。但她不觉得自己处在一场死了很多人的战争中，战争太突然了，可也没什么奇怪的。她看到过她熟悉的几张面孔，穿着卷起裤脚的裤子，被杀死在街头。尸体穿着还没死去的衣服，看起来并不陌生。后脑勺中了一枪，翻过来满嘴血的死人她也见过。这段经历后来成了她生命中最重大的事件，她讲了又讲，死人们保佑她渡过一个又一个难关，全家那么根正苗红，但连她后来都失去了信心，她千真万确，看到了那些日本人杀人么？美好的日子后来过去了，经历不再珍贵，她的双眼用来看湿漉漉带鱼，完全无须怀旧。每一次睁着，就是银锡色秤盘，银锡色带鱼。

丈夫死得早，那时她才满头灰发，梳成一个松散的髻，配了一副不太舒服的假牙。但至少，没有人再占据她整张床了，没有人会把被子从她身上卷走，卷得个一干二净了，没有人在屋子里随手把袜子扔在地上让她一次次弯腰去拣了（坐到哪里就扔到哪里），也没有人放屁、抱怨住的地方太小了。他的坏习惯在这房子里，没多久就消失不见了。

虽然住在六楼，但她却坚持在底楼的公共园圃里种葱。女儿女婿想过将她送进养老院，当他们大胆建议时，她干脆地甩上了自己的卧室门。她很少再出去串门子了，为了提防他们采取些出人意料的举动，她日复一日，待在自己家里。后来连女婿都去世了。外孙女结婚时她只是象征性地唠叨了几句，因为那孙女婿居然是个买不起房的外地人。但那年轻人提着大包小包敲响家门时，她还是带着一丝好奇（那好奇里还有点惊喜），打开了房门。年轻人结结巴巴叫她奶奶，说奶奶你快进去。是的，那是个大热天，外面进来的风太热。然后她蹒跚走回自己的房间。

今天她穿了淡蓝色的汗衫，稍深一点的蓝睡裤，蓝色是安宁的象征，也许会短暂地关闭那该死的大肠疱疹，那疱疹，让她整夜失眠，连祈祷都没有了力气。来吧，带我走吧，不那么疼的时候她恳求着阎罗王，让小鬼带我走吧。

六百年后，这里都是灰。她从电视里听到的这句话。那么六百年前呢，也许这里全都是海边的滩涂。然而疼痛起来了，她想着的什么被那种痛戳得支离破碎。疼痛是她的私人物品，好像整个肚子里全都铺满了粗砥的碎石块，有推土机从上面碾过，把石块深深压进。她摇摇欲坠，最后还是在床上倒下了。眼睛能看到床边一只油漆剥落的小柜子。那是她的花园啊，里面塞满了埋藏在她脑子里的回忆的线头。折叠起的信纸，空信封，邮票，有几样看起来古旧却不值钱的小首饰，几根橡皮筋，她用来捆扎过什么呢？记不得了。空掉的樟脑丸白色纸袋，保护着这个不精致不脆弱的小花园，那些内衣裤，真是没一件紧绷着的，它们和她一样，也是往昔过，弹性过。

这辈子，她搬过几次家，但始终都在这个区，她确信这个区比她小时候大了许多。她最后的这个归宿是在比较安静的地方，楼房最高只有六层，周围全是树。有半年多，她被各种小毛小病弄烦了，却只能住在高高的楼顶。这是大肠疱疹，不致命的，每次疼起来的时候就像在涨潮，退潮很快，被遗弃的是她。疼痛是会把一条活生生的鱼抛到岸边，任它在遗弃里翻白眼的。90岁，九十年过去，她躺在床上等着死去多年的丈夫，这是他们自己的家，鬼魂应该理直气壮长驱直入旧地重游。

这天晚上，在疼痛暂时过去之后，她再次站到了窗前。她得想一想，她自己九十年的历史。我已经这么老了，她自言自语，再老下去，就可以做老妖怪了。很久很久以前，她想着自己的童年，但她很快跳过那一段，直接切入自己过得最不错的几段岁月。

　　她一直以为自己会嫁给一个海上的男人，海有多广大呀，光用眼睛看，一辈子也看不过来，但她嫁给了一个烧菜师傅。他到她家提亲时她已经是一个二十好几的老处女，她只可能答应。过门前她来到那片浩渺海边问了自己有生以来最大的一个问题：她得做些什么去适应自己的新身份？头上是天，眼前是海，一样无边无际，一样深蓝，但最终是她自问自答：管它，总之是新的生活。

　　新的生活让她感受到了他的强大，她只需要躺在那里，就可以享受浑身发抖的，深沉的快乐，有时白天想到，她也会兴奋得打一个战。他们俩的日子一成不变，日复一日。第一个小孩生病夭折，她看着那具小棺材入土，哀悼了一会就又对生活充满了希望。第二个小孩在她快满30岁时出生，那时候已经不太平，就像台风季，风强劲得要把房子都吹倒，但是一关上门，躺进丈夫怀里，她又觉得进了港，风平浪静。但是很快，他被叫去给日本人烧饭，他告诉她，每天要给好多人做饭，他们个个厉害得不得了。他们都是吃肉的动物，他告诉她。她后来亲眼看到了他们的凶悍，立刻学会了低声下气。那段时间他们几乎忘了之前的生活是怎么过的，他们只是温顺地跟众人一起。

这时她突然感觉肚子一阵剧痛，撕扯的剧痛，好像有钩子勾住了她的肠子，又好像有把小火在慢烧。她忍不住趔趄到床前，往床上一倒，我快死了，她想。

31

突然传来一声重重的"砰"，我抬头一看，墙上的灯饰在晃动。

她的身体落在103与203之间的平台上，我坐在201的窗台上看，看不到表面有什么粉碎。雨下得很大，不知她有没有过呻吟。有没有人看见她正在下落？她穿了短袖汗衫与睡裤。她不是少女，不会选择一条可以像大气球一样在空中鼓起的长裙。她的头发齐耳，没有四散飞扬的效果。

她是我的邻居，住在603。她是谁？当年她因为什么而结婚？她结婚多少年？丈夫是做什么的？围观的其他邻居向我提供了简单的讯息：她和她70岁的女儿，孙女、孙女婿一起住。她得了大肠疱疹，病情没有多严重，但疼痛整日整夜。夜里，他们听见她在房间里走来走去。

我在她死后看着她。是不是对她很不尊重？

她自己选择命运。她为自己做了一件勇敢的事。她死后的皮肤很白。白得都不像皮肤，全身像被送进冰柜里，镀上了一层薄冰。因此她的皮肤没有像豆腐一样碎开，看不见有血，或者不多的血随着雨水流失了。

下着雨，黑暗大得像云一样无边。偶尔有汽车的前灯闪亮一下。女儿应该早早睡了，可不像她，有如焚的痛苦。女儿真是能睡，好像这样就能多活几年似的。之前还能听见外孙女外孙女婿的动静，他们在另一间房里走动，这么多年，这屋子里再次有男人的脚步声。

她闭上眼睛，再抬头，发现自己看着的不再是天花板，而是更加黑也更加大的天空。她突然看到有些人影在地上移动，这么晚了，怎么还有那么多人，她心想，她在身边摸了摸，没有找到老花眼镜，因此只能看到一些虚晃的人影。人群发出沉闷的议论声，好像被雨水隔去一些音。沉闷里猛地刺出一个女人的哭声来，竟然是自己外孙女的哭声。

32

突然，一个明晃晃的大灯在她眼前打亮，任谁都会目眩神迷，她感到头晕，同时又有点惊慌。那光黄亮得发白，照耀着她，她想说，关掉灯，但她很难过地发现，自己的声音，似乎太轻了。她想找她的拐杖，拐杖还没有找到，倒是看见了一个穿着消防制服的小伙子，扛着一把竹梯走来。原来是自己的外孙女去找了小区保安，保安又打出去几个电话，现在就有一个班的消防员等在了这里。竹梯被架在了墙上，碍事的铁栅栏被迅截断了三根，打头的两个，现在离她很近了。路上还有人打起手电筒，那些细条子光在黑夜里和雨丝一起飞舞，有这幢楼的居民，还有从前几幢后几幢里出来的，谁都想看看热闹。

那两个长相平平的消防员蹲在了她身边，他们大概想直视她来着，可她选择了一个向左侧睡的姿势，右手还挡在脸上。这两人，很快又从梯子上退了下去。很快，大部分消防员都进了对面那幢楼的底楼，那些人，挤在人家的客厅里好躲雨。这时她又看到了自己的外孙女，只听到哭声，完全听不清都在说些什么。

救护车，警车，但最终还是那辆消防卡车把她带向了新生活。她先是听到法医和警官爬上六楼。女儿穿着睡衣打开她的卧室门，衣服上残留着肥皂粉的气味。她看到自己的卧室亮起了灯光，她就在他们身边，看着整个过程，一言未发。直到她被一块黑色的塑料布包起，身体上扎出井字型花样，光着脚，头下脚上被抬向消防车，仍然没有人注意到，她一直在。此时那盏大灯已经关闭，难道没有人清清楚楚看到，从天而降一个金色隧道？那隧道，只延伸到她身前，无数细碎的金光源源不断地涌向她。为什么大家只顾看热闹却绝口不提？但她突然想明白了，他们当然得否认这一切，现在是 21 世纪，而这又是一个无神论国家。她知道自己需要做什么，就够了。

33

　　我的眼睛略微有些大小差异，下巴很尖，没有人说我长得好。即使我盛装打扮，那也只是在筷子上涂巧克力，本身并不是诱人的巧克力棒。我早就不是处女，如果我的母亲知道这一切，会不会打我，骂我贱？我不知道生命值多少钱，自己又值多少。但我开始哭泣。这件事发生之前，我已经打定主意随波逐流，但之后的夜晚我开始陷入忐忑不安。有种感觉一直隐隐存在：某个阴影在天花板的顶角窥伺我，我害怕看到那样一种景象，那个老太太，带着她温柔且极其没有血色的白皮肤，顺着夜风从窗口里深深沁入我的卧室。她的身上干干净净的，没有血，与其说她是一个让我害怕的亡魂，不如说她只是一个单纯的，因为我总是想着她而无法远离的亡魂。我害怕自己死后，尸体会在地狱的火焰上焚身，或是被一次次推下悬崖，又或者被绑，任鹰啄食乳房。在我战战兢兢想着这些的时候，我的男朋友正在努力挤进来。不行，我对他说，我想一个人呆着。

　　但她从不曾在我的梦中出现过。我却见过你。你向我走近，怀里抱一个眼睛像洋娃娃一样睁大却悄无声息的小女孩，她的脑袋贴着你的脸颊。我看到她一头卷发，正如我自己。

34

少女多次遭生父强奸弑父获刑

2003 年 11 月 08 日　今晚报

本报 11 月 7 日讯 劣迹斑斑的父亲杨某多次将女儿强奸，女儿不堪受辱愤而杀父。日前，该案经市中区法院判决，女儿以故意杀人罪被判刑。

女儿杨小丽，生于 1989 年，犯罪时还未成年。经法院审理查明，杨某平日脾气暴躁，品行恶劣。自杨小丽 12 岁起，杨某多次将其强奸。

2003 年 5 月 9 日晚，杨小丽购买了 110 片安眠药，将药片碾碎。5 月 13 日 17 时许，杨小丽将 110 片安眠药药面放入购买的啤酒及小菜中让父亲食用。杨某吃了部分饭菜后入睡，怕药量不足以让杨某死亡，担心杨某醒来后对自己不利，就试图用棉被将其闷死。杨某被憋醒后，杨小丽朝其头部乱砍数刀，但杨某抓住杨小丽的头向墙上猛撞，这时杨小丽又抓起一把水果刀朝杨某颈部、上身捅刺数下，又用腰带勒住杨某颈部，致其丧失反抗能力。

随后，杨小丽通知了其他亲属，亲属到来后将杨某送往医院抢救，经抢救无效死亡。杨小丽归案后，对杀害父亲杨某的犯罪事实供认不讳。

被害人杨某的亲属书面表示放弃对被告人附带民事诉讼的赔偿请求。

法院认为，杨小丽已犯故意杀人罪。但因长期受被害人迫害而将被害人杀死，可以认定为情节较轻。杨小丽犯罪时不满十八周岁，依法应当从轻处罚；被告人亲属报案后，主动带领公安人员将在家中等待的被告人抓获，可以视为自动投案，是自首，依法可以从轻处罚。依照我国相关法律，法院判处杨小丽有期徒刑五年。（杨小丽为化名）

35

十月我又去了次北城。怪兽已经停止了奔跑，也许它离开了。之前见过的绿绿的橘子树眼下已经完全消失了。九月时有过几次堰塞湖洪水，再后来是泥石流，小城完全被土黄覆盖了。天气以阴沉居多，昼夜温差巨大。邻近的小镇，路灯还没有装上，虽然有月亮高挂天空，地上却仍是黑压压一片。需要一只手紧紧握住手电筒，另一只手抓一根棍子，野狗实在太多了。然而白天，在日光之下，这里已经开始喧哗骚动。

街道看起来簇新、可靠、平凡，多了一些小吃摊，因为对口的援建城市是山东，这里的食物面貌焕然成了大葱卷饼。小小的食铺一间连着一间，一袋包子3元，可以吃上一天。到处是简易结构的小平房，几间连在一起的，便成了旅馆，10元一天，一个单间。新修的广场一片空白。用电脑打印出的北城今昔照片，昨天与今天，繁荣与死寂，颜色品质欠佳，但还是能卖出10元一套的好价钱。可以俯瞰整个县城的观光点居高在黑暗的上方，确实不朽，不会再化脓，流血，褪色。可每当我一探头，鼻子腔道就莫名其妙卡住。有人告诉过我，年轻时去偷拍天葬，到关键时刻，相机就会戛然而止。卡壳会不会截断记忆？吞噬一切的泥石流不再向外蔓延，它们只是恰如其分覆盖。这种覆盖如此彻底，拒绝腐坏改变形状，也拒绝人们无止境地追寻。

　　那是人之死，日子是不会死的。人工制造的广场，夜晚的篝火呼呼发亮，10月29日的羌历新年，人们跳着锅庄舞，美丽的脸，丰满的身体，手拉着手，神情平静，突然一场雨降下，残存的喜悦被冲得摇摇晃晃，作鸟兽散去。

36

　　我们这代之前的人，也包括我们这代人，疼痛感和我们之后的一代人是不一样的。我们小时候打架很暴力的，也不怕疼。我们小时候去拔牙，医生不会给你打麻醉药，在腮帮子那边插两根金针，中医土法麻醉，其实很疼很疼，我自己小时候拔过一次。

　　我突然想起来，你曾经跟我说过的这些。

静三的故事

那个夏天长而炎热。太阳鲜艳，空气静止，在那样的阳光下走在路上，大脑空茫茫，不知所措。

静三就在那样一个日子找到了工作。

她去面试的那户人家，住在一栋小别墅里。两层楼，屋顶斜而陡，像是戴了顶高帽子。门前的小花园，墙上布满苔痕，长满野草和野花。边上停了一部黑色的福特，看起来身形圆润、极富美感。她那时还不知道，这部看起来属于收藏级别的老车，马力仍然很强劲，操作性能也很好。

面试她的人一共有四位。年纪最大的，是孩子们的奶奶。她的面孔浮肿而苍白，布满皱纹，像是在洗衣机里泡了好一阵子，但她却是四个人中最结实的一位。一对瘦小的双胞胎兄妹，挤在一起站着，手拉着手，小心翼翼地看着她。孩子们的父亲个子中等，戴一副小圆眼镜，这使他看起来非常严肃。他告诉她，他们的母亲不住这里了，而他需要忙自己的生意，"我想多陪陪他们，但没办法，力不从心"。

静三的工作类似住家保姆，得照顾一老二小，为他们买菜、做饭、洗衣服、打扫房间，每天还要陪老的聊聊天，教小的学习几小时。

男人坐在靠窗的摇椅上，光线和暗影同时落在他身上，有一瞬，静三看看自己穿着的牛仔裤和白T恤，心想，自己像是一股新鲜的空气，突然进入了这个看起来上了锁的世界。

她开始在这座房子里四处走动。孩子们比她预想的更聪明。他们问她很多充满智慧的问题，比如，太阳要是老了，会在哪里死去？云如果死了，会不会像一只死鸟那样，从天空掉下来，砸在院子里？

整个上午，老人都会坐在餐桌旁，耐心地去着各种皮。

她告诉静三，孩子们的爷爷曾经年轻、英俊，一年四季总是带一把伞。而自己，也曾经纤细、迷人，跟在他迈开的大步后面，在台格路上跌跌撞撞。生完孩子，她的块头就大了许多，"后来，他就有了别的女人。"

这件事不是渐渐发生的，而是在一天里发生的。"一个变了心的男人，什么事都做得出来。他把送给我的礼物偷了回去，一个已经裂了一道缝的象牙镯子，一些珠宝，还有那辆车。他自己开着那辆车跑了。"老人站起来，走到窗边，打开窗，指给静三看。

"后来呢？"静三问。

"种瓜得瓜，种豆得豆，而我活得比他们都久……不过，后来再戴上那镯子，它一碰到我皮肤，我的整条手臂就起鸡皮疙瘩。"

在这栋别墅的任何一个窗口，都能看到那辆车。

而孩子们母亲的彩色照片，只挂在男人的卧室里，挂在一张黑白照片的旁边。黑白照片上，一个年轻、英俊的男人，穿着裁制得完美无缺的三件套西装，靠在那辆汽车旁，摆出一脸自信的微笑。那个年轻女人，她的脸轮廓鲜明，五官小小的，她也站在那辆汽车旁，笑出深深的酒窝。按下快门的那一刻，风应该挺大，因为她黑色的头发一绺绺地散了开来，飘在空中。

在那些照片的下面，是一个玻璃橱柜，里面堆了一些汽车模型的彩色纸盒。但在这栋别墅里，看不到一辆组装好的模型汽车。每个月的月初，就会有这样一个盒子被顺丰快递或者申通快递的包裹送来。男人有一次告诉静三，如果是田宫的1：24拼装模型，组装只要几个小时，但接下来，却要用十几个小时上色，"关键不是在组装，而是在上色"。

上色是为了观赏用吧，那些组装好的汽车模型，为什么要放置在盒子里呢？有一次，静三打开了橱柜的那扇玻璃门，她发现，那几只盒子全是空的。

每天上午，静三教两个孩子学习小学一年级的课本，给他们做听写。如果谁听写错了，就会被罚抄十遍那个句子。她也教他们简单的英语对话，孩子们正确地使用刚学到的生词，而且特别注意了发音。她给女孩梳理漂亮的蜈蚣辫，给男孩梳一丝不乱的小分头。在孩子们的房间里，父亲给他们买的童话书和玩具，从地板一直堆到半人多高。虽说是双胞胎，两个孩子的兴趣不完全一样。女孩喜欢在自己身上画各种东西，有时是在手腕上画一只手表，有时是在脸上画一副眼镜。男孩却喜欢长时间对着镜子，做出各种古怪的表情。

其他时候，静三一边轻轻哼着歌，一边麻利地做着家务。

大约一两周后，男人开始准时回家吃晚饭了。换上圆领汗衫和运动短裤的男人，看起来有点讨人喜欢了。喝汤时，他更是显得优哉游哉，他用一种全部吃光、不留一点剩菜的稚气方式，表达他对静三手艺的欣赏。

这让静三胡思乱想了。

她肯定没有爱上他，她只是想了想可能性。

她不是这个大城市的人，大学毕业后，她也没能在任何写字楼找到工作。她衡量了一番，发现不管是不是与男主人在一起，留在这里，肯定比回自己老家好。

每天下午，老人和孩子们睡午觉的时候，静三在花园里度过。她除去杂草，买来一些花苗，还在这里那里布置了一些可爱的小天使雕塑。男人的赞叹让她十分兴奋，从早到晚，她忙得不可开交。

一天下午，静三偶尔抬头，看见老人坐在阳台上，面无表情地向下俯视着。她不知道，她到底是在看她，还是在看那些可供观赏的植物。她想了想，切了盘水果端上去。

"你知道后来，那辆车是怎么回来的？"老人坐在椅子上问她。

她摇摇头，随手拿起一件男人的衬衫坐了下来，袖口那里掉了一粒纽扣，她打算一边听一边钉好它。

"有个大师教了我一个方法，让我找一个巧手的木匠，把我男人最常坐的一把木头椅子给拆了，做成一辆木头汽车，把它放在马路上。我拆了他那把黄花梨太师椅，它一会儿就被一辆公共汽车给压成碎片了。那堆木头一直留在那儿，从太阳底下待到月光下。碎掉的黄花梨你没见过吧，都压成那么碎了，纹理还是非常工整、细腻、清晰，味道非常香。那种浓香味儿，真是过鼻不忘啊。"

说着，老人走进屋里，拿出一本相册。发黄的相册里，其中一页贴着一张剪报。老人递给她看，那上面写着：

北京时间 7 月 29 日凌晨 3 时 23 分，著名民族资本家××，因突发心脏病医治无效，病逝于上海华山医院，年仅 41 岁。

……他的秘书声称，他曾在前一天上午抱怨腹部疼痛，大约于 0 时 18 分胸部发痛，随后被急速送往医院做观察治疗，但最终仍遗憾不治身亡。目前，其家人也确认了这一说法。在过去几个月，他的健康状况一直不佳。他留下妻子和一个孩子……

"在他葬礼上，我可不是哭得最厉害的那一个。葬礼过后，那些东西就全被他那秘书送回来了。她送回来是应该的，否则，她就太迟钝了。我选了他在汽车旁拍的那张相片，装上框，挂到了墙上。你看过没有？他算是很上镜的……"

真是一个安静又闷热的午后。

静三把钉好纽扣的衬衫挂进男人衣橱，她走下楼，走进自己房间，躺在床上，这才发现，自己像一根正在融化的雪糕，湿而黏。她试着解开几粒纽扣，但仍然觉得难以呼吸。

砰砰敲打房门的声音。门被打开了。双胞胎兄妹伸头伸脑，看起来像两只笨拙的鹳鸟。他们想要听一个故事。

一个故事。

对 5 岁的孩子来说，这对双胞胎的阅读能力是早熟的，他们已经开始自己看《格林童话》。她想说，"从前，有一个……"但她只是一边整理被自己睡皱了的床单，一边露出愉快的表情，她开始唱一首歌。

小汽车呀嘟嘟叫，小汽车呀嘟嘟叫，带着我呀向前跑。汽车轱辘转呀转，汽车轱辘转呀转，一直转到幼儿园。

窗外静止的福特，像一个巨大的、无人认领的行李箱。

它看起来很堂皇，又很冷漠，仿佛它和住在屋子里的任何一个人，都没有关系。

那天晚上，这栋别墅里的人应该都睡着时，静三还醒着。她的房间玻璃窗外，装有栅栏。花园的外面，有街灯。但那柔和的黄光，照不到那么远。

她想起前一天晚上。前一天晚上，她在浴室里待了很久，带着薄荷味的泡沫在她嘴里滚来滚去，那种凉意让她觉得好过些了。然后她穿上睡衣。那睡衣丝毫没有显示出，自己在等待被重新脱掉。她静静地在门后站了一会儿。然后握住门锁的圆球，将门打开，让他进来。时间是 1 点 30 分。

他没有问她如何知道他在门外。她的单人床对他们而言，很狭窄。

事情结束以后，两个热乎乎的人平躺在那里，看上去更像是涨潮时被冲上沙滩搁浅的两条鱼。

他很快离开了。而她打开了窗户，让那种栗子花的气味飘出去。它们在花园里飘荡，爬上汽车，爬上花草，爬上那些小雕塑，直至露珠将它们覆盖。

现在，她清醒地躺在床上。已经是 1 点 55 分了。

最糟糕的事，不是不再让他进来，而是把某道菜烧焦了。

接下来的日子里，她一如往常，切姜丝，切蒜瓣，把牛肉切成小方块，削掉马铃薯的皮，刮去溅起小小腥味的银色鱼鳞。她的眼睛，只因为切洋葱而流过泪。某种东西，被起油锅时冒出的白烟压了下去。

空下来的时候，她给自己曾经同寝室的大学同学写信。她把信写在漂亮的印有花朵的信纸上，每封信里都有这样一句话：我写信告诉你我很想你。

四年前，她们六个女生搭着同一辆校车来到学校，一起打开行李，待在同一个房间里。再过了一些日子，有人开始涂唇膏，有人在头发上喷香水，有人爱上鲜艳明亮有僵硬蕾丝的公主裙。她们一起去了人民广场的地下小店，在耳垂上打耳洞。静三记得，那像是小学时，被调皮的男孩用弹弓弹出的小石子，啪啪弹了两下。

只有两个女生没什么约会。一个是她，忙着坐在不同的客厅里，坐在有扶手的椅子或没扶手的凳子上做家教。另一个叫圆子的，则在电脑前，追随着美剧、日剧、韩剧，以及所有的选秀比赛。虽然每天盯着屏幕五六个小时，圆子的眼睛仍然又大又圆，看起来天真无邪。

回信陆续来了，但是只有圆子提出，她想来看看她。

于是，八月一个天空蔚蓝的日子，穿着无袖连衣裙的圆子来了。后来，静三回想那一天，确定男人眼中确实闪过略显狂热的光亮。那一天的阳光也格外明亮，一道道的，让圆子整个人亮了起来。她为他们三个调了玛格丽特鸡尾酒，清淡爽口的酸，带一点苦味。没人想起，当年调制出这杯鸡尾酒的简·杜雷萨先生，用了自己不幸死亡的情人名字来命名。

毕业才两个月，静三发现，圆子从女孩变成了年轻的美女，她甚至开始抽细细的女士香烟。圆子赞叹了花园的美丽。

花园的美丽里，不包括静三见过的那些：半透明的鼻涕虫、肥胖的蚯蚓。

连着几个周末，圆子都来看静三。

一天，在孩子们的房间外，她听到这样的对话。

"她会做我们的妈妈吗?"

"不会，任何人都不会做我们的妈妈。"

"但是我看见爸爸给了她一枝玫瑰花。"

"这里的床不会是她的，这栋房子不会是她的。"

"那么，她会……"

"啊——"

静三听见一阵响动，她敲敲门，开门进去。双胞胎里的那个女孩子，用印着维尼小熊的被单，把自己从头裹到脚，直挺挺地倒在床上。听见声音，她一骨碌地复活，站在她的那张小床上。

他们没有理会她。"那么，她会……"哥哥又喊了一遍。

"啊——"妹妹又倒下去一次。

静三注意到，妹妹倒下去的时候，膝盖可以一弯都不弯。

"你们是在……"静三问。但是没有人回答。

"你们最爱谁呢？"

"爸爸。"不是同时，但几乎是同时。

"那你们的妈妈呢？"

"她只是生了我们。"哥哥说。

"首先是爸爸，然后是奶奶。"妹妹说。

圆子开始带礼物来，有时是一盒蛋糕，有时是几本画册。她坐在客厅里，和双胞胎兄妹一起玩。她的身体正好挡住一扇窗，光线在她四周形成一个环。这种时候，静三谨慎地选择自己的工作。她有时会打开厨房的某个抽屉，有时会轻轻地哼点什么，有时又清理起玄关那里的鞋柜，移动那些鞋子，有时仅仅只是打开一扇会嘎吱作响的门。

圆子打开了一本《安徒生童话》，以中学语文老师的亲切声音大声读出来："到明年的夏天，我们就又可以醒转过来，长得更美丽了。"

圆子在念这篇《小意达的花儿》时，声音里听得出笑意。

"死了怎么能再活？"哥哥问。

"为什么不会长得更难看？"妹妹问。

圆子的喉咙好像不太舒服，因为她连着咳了好几次。她合上了那本书，拿起了另一本：《儿童唐诗一百首》。

"白日依山尽，黄河入海流。欲穷千里目，更上一层楼。"圆子问他们，"你们知道这首诗吗？"

哥哥说他不知道那是什么。

"'春眠不觉晓，处处闻啼鸟'呢？"

妹妹说她不知道那是什么。

"床前明月光？"圆子继续问。

"她肯定以为我们是笨蛋。"妹妹在哥哥耳边耳语。然后，两个孩子吃吃笑了起来，圆子听见了，而且知道，静三也听见了。

"现在我来教你们背首唐诗，"圆子说，她用了一点朗诵的腔调，"离离原上草，一岁一枯荣。野火烧不尽，春风吹又生。"

妹妹将它读成"荣枯一岁一，草上原离离"。哥哥将它读成"生又吹风春，尽不烧火野"。

他们倒着背。他们在客厅里花园里跑来跑去，大声地倒着背。他们把静三教的那首儿歌也倒着唱了出来：

叫嘟嘟呀车汽小，叫嘟嘟呀车汽小……转呀转辘轱车汽，转呀转辘轱车汽……

圆子后来偷偷向静三抱怨，为什么不把这俩孩子送进幼儿园？

那天早晨，在花园里，静三无意中抬头，看见几只蜻蜓快速地、低低地掠过。那日的湿气从草丛中渗透出来。但直到事情发生，雨仍然没有下下来。

一早，老人就坐在了二楼阳台的椅子上，这个高度赋予了一种俯视的威严，好像整个院子，都只是一座舞台。静三走进她房间，为她床头柜上的花瓶换水。那是一只红得冶艳的玻璃瓶，一枝新鲜的百合花弯出一道美丽的弧线。

空气是闷热的。空气也在等待着。

孩子们已经起了床，兴高采烈，他们告诉静三，早餐想喝一些鲜榨的果汁。

早上 11 点多，她听见汽车的声音由远而近。

"她来了。"孩子们跑跑跳跳。他们开始唱那首歌：

叫嘟嘟呀车汽小，叫嘟嘟呀车汽小……转呀转辘轳车汽，转呀转辘轳车汽……

静三切土豆丝的手停了下来，她放下刀。切了一半的土豆丝堆在那里，因为忘记浸在水里，后来完全发黑，被扔进了垃圾桶。她洗了洗手，用围裙擦了擦。围裙被解下来了。她还是想出门看看，这是第一次，那辆福特汽车被开出了门，开去接圆子来吃午饭。

后来，门前的车道上来了很多人，人们聚集在下雨前的热气中观看。黑色的福特车，嘎吱嘎吱，压碎了，碾过了。她在一棵香樟树边，吐出了早餐时喝下的奇异果汁。

那天晚上 9 点半，《新闻夜线》播出了这样一条消息：

> 今天上午，××路上发生了一场纯属意外的交通事故，一名女子竟然被自己男友驾驶的汽车碾压身亡。
>
> 上午 11 点多，刚刚驾车回来的司机××，把自己的福特车停在家门前，和坐在副驾驶座上的女友一起下车。正当他准备打开锁着的院门时，意外发生了：汽车突然朝着他女友滑了过去。

据现场观察，××停车后并没有把车熄火，而且也没有采用手刹制动，而门前还有一个小小的坡度。眼看车往下溜了，其女友本能地拿身子顶，不顶大不了车碰一下，结果她这一顶，车把她给压过去了。整个车的前后轮从她的胸部、脸部碾压过去，当场死亡。

圆子的微笑是露出白牙的微笑，是有深深酒窝的微笑。她的微笑使静三想到，那四年，她却没怎么对她笑过，而且，每次静三主动向她点头示意时，她的眼睛总会望向别处。

四年中，有许多个夜晚，当她回到寝室，外面，风已经小了，雨已经停了，或者，炙热的太阳已经下山了，她的头发因为骑了很久的自行车而纠结在一起，变成一小绺一小绺，贴在头皮上。她出现在寝室门口，不管什么季节，最贴身的那一层衣物总是湿湿的。没什么人把目光从电脑转向她。每一次，她都直接走向她的铺位，一言不发。她会在蚊帐里换下衣服去洗。不能再让别人说，外地人就是不太爱干净，她不会让她们说出什么的。四年过去，她完全了解她那些城市同学的生活习惯、卫生偏好，这令她感到非常骄傲。周末的时候，她会主动打扫房间，铺平那些凌乱的床单，把踢开的鞋子摆放整齐，毛巾挂上衣架，于是周一时她们能看到一间这样的宿舍：地是干净的，书架是摆满的，窗是亮的，垃圾桶是空的。

虽然她似乎被排除在外，在另一个世界，隔着一层蚊帐，看着这一个充满微笑、欢笑、哈哈大笑的世界，一个她四年来始终没能参与其中的世界。但现在，现在是她，活得比她更久些。

的确，事情可以在一天里发生。

事情发生之前，有天傍晚，男人坐在院子里的摇椅上，静静地摇摆。

在正在变暗的天色里，静三说："我可以问你一个问题吗？"

"问吧。"男人说。

"在这世上，你最爱谁？"

仿佛有一束聚光灯，照亮了这个站在幽暗舞台上，早已有所准备的男人。他伸手从穿了一天，已经皱得不像样子的衬衫口袋里拿出皮夹，打开，递给她一张照片。

这是她看到的唯一一张全家福。照片里，男人戴着眼镜，看起来像是个负责任的好丈夫、好爸爸。他的肩膀上坐着男孩，男孩微笑着，下巴抵在他的头上。女人穿了一件白衬衫，女孩抱在她的臂弯里，两条小腿似乎还在晃动着。

"这是她离开前一星期拍的。她是我唯一的爱。拍完这张照片没多久，她就提出了离婚。她哭着告诉我，她爱上了别人，不能再和我在一起了，她要跟着他去美国。她哭得整张脸通红，眼睛一圈全是皱纹。……通常，做好一辆汽车模型需要花 13 个小时，等颜色干透，我会带着它，到那些没有人的小路上去开，我让它一次又一次，笔直地撞上墙。要不了半个小时，它就会散架。然后，我会小心翼翼地把所有撞碎的残骸收集到一起，扔进垃圾桶。每个月，我都等着，从大洋彼岸，传来她的噩耗。"

静三将男人坐的那张摇椅搬进花园里，她坐了下来，不断地摇摆起来。空气有点凉，有点湿。在她身后，屋里的灯亮了起来。

百字明

从第一天抵达开始，我就在心里反复默诵"百字明"。在雍布拉康，在羊卓雍措，在布达拉宫，在大昭寺，我的脚步随着真言内在的节奏而动。看着周围攒动喧嚣的同伴们，我内心尤其分明地感受到了某种东西，我想可以称之为：沉静。

　　导游告诉我们，在西藏的大殿内游览时，不能戴墨镜，也不能戴帽子。为了防止晒黑，我在当地商场里买了一块大头巾。现在就可以告诉各位爱美的女士，在西藏的最后一天，我们就要登上各自回家的旅程前，我询问了同伴们一个问题："你们觉得我有没有晒黑？"他们郑重回答："你是我们中唯一没有晒黑的人。"我很满意这个答案。这块柔软的、漂亮的大头巾，只让我花费了 39 元，却给了我足够的安全感。

　　每天早上 10 点，大客车就会准时停在宾馆门口。每次我都选择靠车窗的位置，想着自己也许会看见什么值得一拍的事件，比如网上那些号称"不看马上被删"的视频。相机的镜头始终打开着，快门随时可以按下。我睁大眼睛看着还算干净的街道、小小的店铺、衣服五颜六色却都又暗又旧的当地人。阳光普照下，似乎一切阴影都被抹去了，整座城市比我想象的更加无忧无虑。透过车窗，我也看到了这些年在每个城市都修建起来的几乎一模一样的森马、以纯、美特斯·邦威、阿迪达斯、真维斯、杰克·琼斯、马克·华菲、VERO MODA、ONLY……我认真看着橱窗里展示的那些。到处都一样，同一个世界，同一个梦想。与此同时，头也疼了起来，疼得比我在上海发作时更猛，也更持久。不一会儿，我就坐着睡着了。

每天晚上 8 点以后，夜幕才算降临。每次我仰头凝视天空，都发现月亮比星星更亮。这种超常的美使我一再双手合十，感谢多年来极力寻找的那种标志着正能量的幸福感与纯真感再次回到我的内心。我想像诗人一样讴歌这座城市，可惜邀请我参加研讨会的西藏朋友们只为我安排了一周的免费旅行。

现在，让我稍稍介绍一下自己。我是一个作家，受到奥威尔那本《我为什么要写作》影响（"我所以写一本书，是因为我有一个谎言要揭露，我有一个事实要引起大家的注意"），我对政治产生了浓厚的兴趣。我 34 岁，已婚，看上去不怎么起眼。我想我是个善良正直、温柔勇敢的人，因为我的上师告诉我，念满十万遍"百字明"，就能增长无量无边的福祉，得到更纯净的力量。我已经念了将近九万遍。

到了拉萨没多久，我马上被那种安宁和平的气氛感染了。在帕廓街，绿皮人不停地帮助坐在地上的人站起来，尽管一个老太捶着腿儿，她也和其他人一样，被搀扶着站了起来。我指给绿皮人看他漏扶的一个垃圾桶，它完全躺到了地上，那人却根本没注意到我的帮助。"要是没有绿皮人，帕廓街就成了大家席地歇脚的地方，那时就会分辨不出谁才是真正的火凤凰。"一个当地人这样对我说。

坐下来的人是没法看清的。我在笔记本上记下了这样一句。"那要是绿皮人累了怎么办？我倒有个办法。我听说火凤凰只能在光明里歌唱，所以在夜晚的时候，可以关闭所有的灯光。白天嘛，不妨用遮光布把整条街都罩起来。"

"您不是这里的人吧？"那个当地人小声地问我道，"您来这里干什么？"

"我是作家，我来自上海，"我也用窃窃私语似的轻声回答他，"我应邀来这里体验内心的平和安宁。"

"所有人都知道，这里的人，内心平和安宁。您知道，让人恐惧的，不是外面的世界，而是自己的内心。我很高兴，像您这样有知识的人，大老远来到这里。"奇怪的是，他说这番话的时候，我真的感觉不到他"很高兴"，也许他的脸被高原的紫外线晒得太黑了？我实在无法分辨。不过他那褴褛的外套，已经让我感到了一份安宁。

"那么您呢？您是拉萨人？"

"不，我来自很远的一个村子，那儿的医疗条件不好，我带我母亲来这里看病。"

我立即从钱包里掏出一张百元大钞递给他，他摇手拒绝，但我坚持。终于给出去后，我心里感到一阵轻松。在上海这么多年，我从未给过那些乞讨者一分钱。这片土地让我充满同情，啊，我是多么地快乐！当然，我没有忘记立即在心里念上一遍"百字明"。

在一家由奴隶主庄园改建的餐馆，邀请我们这几十个诗人、作家、学者的西藏朋友们为了助兴，纷纷讲起了当地的一些故事、传说。而我，我一面喝着尼泊尔甜茶，一面像一个尽职尽责的记者，手里紧紧拿着纸和笔。

"你们这么多人，这么长途跋涉来到了这里，这是个安宁的地方，我们辩论，但我们不争论。有一天，一批外乡人来到这里，他们告诉我们，不争论是不好的，不争论就会遮盖真理，这样这个城市就会变得肮脏、污秽和黑暗。我们派出了几位大堪布，他们也派出了很有名的教授。十天十夜过去，教授们纷纷进去又出来，最后，再没有教授进去了。堪布们赢了，他们直接进了监狱。据说，是他们自愿的。因为他们认为自己在这一过程中生起了忌恨与傲慢心，无法再致力于纯粹意义上的辩论。"

"那些教授呢？"我问道。

"他们中的大部分都坐飞机回了北京，只有一位，他留在了这个城市。他是最后走出来的那位，据说他走出来的时候，嘴里一直在喃喃自语：'争论的争，原来是斗争的争。'他整天无所事事，和那些游手好闲的人一样，从一处到另一处，飘游不定。由于他精通梵语、藏语、汉语，一开始，这里的大学还想聘请他当教授呢。但是他回答，他只想消失，因为他已经变了。最近一次有人看到他是在帕廓街，他左手拎着水桶，右手拿着拖把，在一个劲地拖地，还说什么'地不干净，就没人肯席地而坐过林卡'。"

"我要是有机会遇见这位教授，就要向他敬个礼，攀谈几句。他也太传奇了吧。"一个诗人用一种调侃的语气说道。

"那么，你会不会也'只想消失'？"

"那就消失呗，睡在哪里不是睡在夜里？"

但这个故事也好，还是这位来自北京的教授也好，肯定都不是真实的。人们顶多会对这个地方充满好奇，但在待上几个星期之后，我想任何人都会抽身而去的，除非他实在是无处可去了。我在这里才待了几天工夫，就觉得自己已经被放逐在了历史之外，虽然我仍然每天至少发上十条微博，但我却觉得，自己好像被整个社会抛弃了。

这时，另一个西藏朋友问我们："你们知道关于大昭寺的故事吗？"

"知道，据说大昭寺的所在地原来是一个湖泊，文成公主认为整个青藏高原是个仰卧的罗刹女，湖泊正好是罗刹女的心脏，湖水是她的血液。所以要把魔女的心脏镇住，就必须在这个地方填湖建寺，就这样，把这个湖泊给填平了，建了大昭寺。"一个朋友回答道。谁没有查过"百度百科"呢？我也查过，但我不想去显摆。

"我来给你们讲个湖水下面的故事吧。是我很小的时候，我的祖父给我讲的，据说，那更接近真实。"他用一种半开玩笑、半当真的语气说道，"不过，有点儿悲伤，要我讲吗？"

"快讲吧。"

"很久很久以前，这个地方很富裕，有人侵占了我们的土地，开始搜罗献给遥远帝国的贡品。一个城又一个城，每个城都打开了城门，向他们屈服，跪下称臣。他们来到这一座城，以为这里的人也会像青稞一样，在大风里纷纷低下头。但这座城的主人不肯投降，他不是一个会打仗、勇猛的人，但他每天虔诚地念经，一样为众人所敬仰。他说：'我们的心要保持纯净，因此不能放弃我们所信仰的一切。我们一定能摆脱这些痛苦，得到真正的平静。'敌人的军队马蹄滚滚时，他召集城里所有的男人，命令他们用尽一切力气，拼命吹响每一座寺庙里的铜钦。那些法号，最长的足有四米多，上面那些精美的纹饰，全部是手工完成的。女人们则敲起了扎木念琴、毕旺琴、达玛鼓。乐声隆隆，盖住了马蹄声，湖水也随之上涨。最终，这一整座城都在敌人到来之前，没进了水中，一直沉到了湖底。最终，公主所看见的，和所有人一样，只有一个普普通通的湖泊，水面波澜不惊。"

"我跟你们讲这个故事，并不是想暗示什么，只是想，它不该被人们遗忘了。其实这个故事有很多类似的版本，俄罗斯似乎就有。"

"如果这个故事是真实的，那么在大昭寺的地底下，就该有许许多多宝贝。随便哪一样，一定都价值连城。"我的心中突然涌起了一股冲动，我多想知道事实的真相啊，正准备说些什么的时候，餐馆里突然停电了。人们惊叫了几声后，一时间，陷入了沉默。顿时，我的心里产生了畏惧，这一定是我起了贪心的缘故。于是我在黑暗中，握着笔，一动不动地坐着，默诵起"百字明"来。刚念到两遍半，神奇的事就发生了。光重新射进我的眼睛，餐厅里灯火通明，我头上那盏吊灯就散发出柔和的光芒，凝视着我。

一回到宾馆房间，我就把笔记本上潦草记下的那些，打成了 WORD 文档。

研讨会结束的前一天下午，安排了我们所有人去罗布林卡参观。不知不觉我就掉了队，我一个人先是在那园子里走了很长时间，又慢慢地走过一个又一个房间。当然，"百字明"仍在我紧闭的嘴里来来回回涌动着。在那座纯金打造、四周挂满度母唐卡像和护法神像的宝座前，一个老人正对一个孩子说着些什么。为了挤到围观人群的最前面，我不得不小心翼翼地贴到孩子的身后。

"你是佛教徒，对吗？"我很高兴老人注意到了这一点，忍不住转了转左腕上的佛珠手链。

"来，你跟我来。我来为你讲解。"说着，老人左右看看，他消瘦的身子骨儿有一种和外表不符的神经质举动，但没让我产生反感。

我们一起踩着地毯向前走着，我们走过了一个又一个房间，最后走到了园子里，那里有一条竹林小径，我们在那片竹林下驻足聊天。渐渐地，周围空无一人。突然，邀请我的一位西藏朋友急匆匆向我走来，他用一种怀疑的目光打量了一下老人，然后转头微笑着看我："大家都在等你，我们已经在对面公园喝上茶了。"

"他在给我讲六十多年前的历史呢，我一会就过去找你们。"

"快来啊。"朋友催促道。

越是催促，我越是不肯走了。我感觉到，这种紧迫使得我和老人看起来像是一对分享秘密的好朋友。我又和老人聊了十来分钟。几乎每隔三分钟，我就收到一条短信，让我赶紧离开。很快，手机铃声又叮当作响，电话里，我的朋友语气激动："你怎么还在那儿?! 不要磨蹭了，赶快离开!"我只好和老人道别。

在罗布林卡的出口处，我发现几乎所有当地朋友都在那里等着我。一种烦躁不安的气氛。

"等得不耐烦了?"我打趣道，同时掏出手机看了一眼，"我只耽搁了二十来分钟啊。"

"他都和你说了什么？"

"我都不知道他是谁，但他说的那些历史挺有意思，我以前没听说过。"

"你连他是谁都不知道，就和他聊那么久？"

"要是我像你们那么谨慎，哪来的艳遇啊?!"我故意用一种调皮的语气说。

"话是这么说，但有些人，我们不得不躲着一点。"

"躲谁？为什么要躲？"

"算了，"另一位朋友用一种安慰的语气说："她不知道我们这里的情况。对了，我是听说他有一个秘密上课的地方，不会就是在这里吧？我听说，他专找那些贫穷的文盲、失业的年轻人、陷入不幸的老人，甚至还有一些公务员。"

"这里怎么可能？这里可是旅游景点，唉，现在也不知道有没有人跟着我们，"先前的那一位气呼呼地说道："这次活动是官方邀请，她这样会给我们带来麻烦，以后她自己来这儿，我才不管呢。"

"你们知道他是谁?!"我有些不安地问道。

"我们当然知道！"

"那可太好了，他约我今天晚上去他家做客，我答应了，我们还交换了手机号码。不过，他要求我，去之前，得找个当地人给他打电话说一声。"

"你还敢去?!"

"是啊！怎么了？他说他有东西要给我。"

"他要给你什么?"

"80万字的笔记,友情。他还是挺有学问的。真的,我觉得他会给我提供很多写作素材。我相信,我的上师在保佑我,保佑我在这里得到灵感。"

"是不错,我们也为你高兴,但你不能再去找他,不能再去联系他。在这里,我们过着一种不打扰别人的生活。"

"可是我很想去,我突然感到,我的生活、我的写作是有意义的,我听到了内心的一些声音。"我固执己见,"我来这里试图寻找的,就是这种。"

"你觉得他怎么样?"有人问我。

"他温和地对我微笑、说话的时候,我内心就平静了下来。而且,我觉得他挺孤独。要是你们能认识他,你们会喜欢他的。"

"我们是会喜欢。但有人不喜欢,不仅不喜欢,他们还害怕他。我们都害怕。所以你要小心,别再提他了,他就是那位教授。很可能他待的地方有那些小机器。我们还是先过好自己的日子吧!"

一瞬间,所有人的眼神碰到了一起,他们的眼神忧郁而平静。我从他们的眼神中读到了一种服从,也读到了一种歉意。出于一种不安,我关了机。

飞机起飞后,我感到了食言带来的羞愧,同时也松了一口气。可老人那张脸,长时间在我眼前挥之不去。算了,还是念念"百字明"吧。

骨　头

"有人看到她从女宿舍出来。那时的宿舍，一大间房，睡八十个。几个男青年在路边等着她。他们穿过一片田野，旁边就是劳改营，他们绕到那后面，直奔一片坟地而去。"

我能想象，她那时一定是兴奋的，就像她得知自己被推荐上，到卫生院当赤脚医生的时候。在我的想象里，她挥动起了铁锹。而在她的眼前，两幕图景交叉着出现。第一幕图景，泥土不断地扬起又落下，她已经快看见一具尸体了。第二幕图景，它将变成一具无比清晰的标本，供她学习人体骨骼知识。

"他们刨出了一具，用爬犁拉回大队，用烀猪食的大锅煮了煮，做成了标本。她把它挂在盐水瓶架子上。每一个到卫生院看病的人，都能看到它。一天，一个来自劳改营的病人认出了它。"

他走进了卫生院，那天他因为感冒发烧到了39度，被人送来打青霉素。他一眼看到了那具骨骼，它就挂在紧挨着病床的架子上，瞪着深邃空洞的眼。

"'那是老刘的遗骨，整个劳改营，只有他一个人，缺了两颗门牙，左手食指还断了一节。'"

那天屋子里除了一个梳着辫子的女医生，还有几个年轻人。尽管他立刻低下了头，他们似乎还是感觉到了他内心的某种恐惧。其中一个男青年一个箭步到了他身前，他突然发现自己被迫张开了嘴。那只手像钳子一样卡住了他的下巴，弄得他的双颊很痛。所有这些都是在一秒钟内完成的。

"'看看，他就没缺两颗门牙，他也没缺一节手指头，他才是你想要的，一具完——美——的骨头标本。'"

他这才看清，屋子里大约有四五个人，他们都是些下乡知青，他们是来这里陪那个年轻姑娘的，他们假装诉说着自己的病痛，只是为了听她说说话。强迫他张开嘴的那一个，只要有机会，就会来这里。二十年后，他们这些人中，有的做了厂长，有的成了看门人，有的当了小贩，有的已经卧病在床。

而她，她一定从那个病人的脸上清楚地看出了不知所措。"她转头对那男青年说道：'行了，有一具就够我学习的了。'"

"'你不害怕吗？'那个病人问道。"

她从来不害怕，既不害怕哪个城市，也不害怕哪个人。"她装出很害怕的样子来，眼睛和嘴都张得很大，她是个长得挺可爱的姑娘，有一张胖胖的苹果脸。'我为什么要怕？和人不一样，骨头是神圣的，美好的。'"

"既然你觉得骨头好，那我们人为什么还一个劲地想活下去呢？"

应该是一片沉默。沉默中，所有人的目光都将落在他们两人身上。

也许我可以这样设想，她一直想当医生，因为她的父亲或者母亲就是一个医生。还是小孩子的时候，她就喜欢看医生对病人说话。他们用的术语是她完全听不懂的。后来，发生了一些事，她发现她其实是孤独的，没人能理解她的孤独，她也不相信有人能理解，但是她却相信那具骨头可以，它可以看得见她的孤独，这样她就不会觉得自己孤独了。

"你真想听我的想法吗？"她说，"最终，我们每个人都会死。现在我在这里，北大荒，我还想到更北、更偏僻的地方去。我会扎根在最不为人知的一个穷地方，死后被人完全遗忘。"

"那个男青年一直爱着她。"

尽管那人看起来一点都不温文尔雅，但在野花盛开的季节，他每天傍晚都从这里那里采些野花来，黄色的侧金盏花，紫色的金达莱，白色的绣线菊。

"他总是暗示姑娘，希望晚上他们能去哪里散散步。那姑娘总是借口要学习而拒绝他。他后来才明白，那姑娘根本不适合他。"

他现在肯定不会再为那姑娘苦恼了，所有这一切都过去了。但我默不作声，我只是点着头听着。那些年里，除了这样微小的浪漫外，还有一些自杀事件，但人们都不说，人们不讨论自杀的主要原因。为了活下来，姑娘们嫁给上了年纪的村干部，嫁给他们的儿子们。她们不爱的人和她们睡觉，任何人在她们身上做什么她们都得同意。而坐在我对面，和我说话的这位上了年纪的朋友，很长一段时间他没再开口说话。

很长一段时间大家都没再开口说话。

我觉得庆幸。这种庆幸感就像眼下的这种沉默，缓缓从我心中升起，笼罩住我。我离那个时间，那个世界，如此遥远。但它也没能升到多高，它就悬挂在了那里，半空中。在我的朋友继续沉默的时候，我突然想起了他刚回上海时对我说过的一番话。他说童年时他一直很喜欢看鸽子在清晨和傍晚的空中盘旋，那时住在棚户区的他觉得鸽子飞得很高。这一次，时隔几十年，当他站在三十三层高的阳台上俯视时，他意识到，所有这些鸽子都是被豢养的，只能在十二三层楼高处盘旋。同他这样的人一样，它们卡在了这个城市的中等偏下高度。他说他要把这段感想写进一首诗，在那些诗行中，他将写下一位少年和一位中年的对话，他们会讨论未来是否宿命本身。而我，我对宿命没有任何看法。这个世界已经太孤独，弄出了一堆罪恶的隐喻让人们思考。我希望自己的一生，有一次，人们手里拿着野花，彬彬有礼地向我致以爱意。

"那个男青年始终不明白，她这么刻苦学习，成天和那具骨头打交道，又有什么意义呢？'不会因为你是一个非常好的赤脚医生，或者你是一个非常好的人，就让你离开的。'但她摇摇头，认为骨头和能否离开之间，并没有什么关联。"

就算那青年带着屋外清冽的风走进去，用他的臂膀紧紧搂住她，他也没有办法让她多看自己一眼。但这没能使他放弃这无可奈何的爱，正好相反，他对她的爱变得更加强烈了。她允许他晚上陪她一起学习，这让他感到高兴，但煤油灯照出的骨头影子也让他有些不安。他总是盯住灯光本身，避开看那骷髅头空洞的眼窝，好像多看几眼，那里就会顶出两只眼球来似的。正是在那些夜里，他心里有了一个模模糊糊的、疯狂的想法，他知道，有一天，他会实现的。

她只有在抚摸那具骨头的时候才会面带欣喜，她像欣赏自己的身体一样欣赏着那具骨头，她觉得它美得无比干净，使她感到生命因为短暂所以可贵，使她感到尽管存在命运的千差万别，可是人与人之间是非常相似的，还使她感到时间的无限和人的世界的有限。在骨头面前，人和人之间的距离也许只剩下了年龄、性别、身高，它剔除了所有的敌意、屈辱和不公，使人与人以更加本质的方式彼此接近。

因为觉得它美，她有了好奇，想了解构成这具骨头的那个人。否则，美的意义何在呢？

"她偷偷问了另一个来自劳改营的病人，还给他倒了杯水。'姑娘，你这样做，是对他最大的不尊敬。'那人先是神经质地抖动了一会双腿，然后说道，'无论对错，人都死了，还是应该入土为安，否则他的灵魂该在何处安歇？''我只是非常想学习。''那么学习完，把它放回老地方吧，否则就意味着，它哪也去不了了。''它又能去什么地方呢？难道你真的相信转世投胎？''如果人们不再相信转世，他们就不会愿意继续吃苦。''它现在转世，也许还是会一无所有，还是会犯错，受折磨。''我们已经吃了那么多苦，为什么我们还想活下去，还想继续吃苦？'那人沉思着说道。'那你为什么要做坏事呢？'看到那人神情忧郁，她便说：'算了，我也不想知道。''有朝一日……'那人最后说。那人后来给她带了一本《内科学》，说是骨头的主人留给他的。"

她的枕边长年叠摞着几本书，最上面的就是这一本。而她和那男青年，仍将若即若离，持续上几个月的时间。她不知道，她的这种模棱两可使他非常痛苦，而这一切，将在一天夜里，突然结束……

那天深夜，那个男青年坐在自己狭小的炕上，喝下了一整瓶垦区农场自酿的瓶装纯粮白酒。他喝得很快，大口大口地，像是这辈子最后一次能喝上酒似的。半小时后，他起身，走进了卫生院。

接下来，我可以把接下来的事编成很有趣的故事，也可以编成很悲伤的故事。我不知道，你们对有趣或是悲伤，怎么看。

告诉我这些事的朋友1969年赴黑龙江农场务农，1977年回沪，1980年结婚。在他有了一个儿子以后，有时他会无缘无故地抱住婴儿流下泪来。他很担心儿子会出什么事。后来又总担心自己活不长。他告诉过我的事已经很多，但要说的东西，似乎还远远没说完。

他说话的时候，我什么也不说，只是拼命记在脑子里，因为我感觉，一篇小说就要诞生了。在他把这事的结尾告诉我以后，当天晚上，我回到家，换上拖鞋，就立刻坐在电脑前飞快地打起了字。负责将别人的真实经历改头换面这个名利双收的职业就是为我度身定制的。看着一行行字从指间击打而出，我完全理解她"像欣赏自己的身体"那样的兴奋。在小说面前，友情和知己远不如给我一个值得我加工的故事来得真诚。"人慢慢地死去，像早晨喝多了拉克酒的人那样，会发现自己已经在另外一个世界生活多年了。"在我读过的小说里，有这么一句我一直记得。那么哪一天，是生和死的分界？那一天，我们会做出一些选择，一些我们之前断然不会选择的，我们不知道，那一天开始，我们就已经厕身死的世界。而我想写出那一天。

那么接下来，就是那个深夜了。它将被原原本本地写下来。

他知道那个深夜她不在卫生院，也不在宿舍，白天她就被一辆马车接去了场部出诊。他一手提着煤油灯，匆匆忙忙穿过走廊，走进最里面那一间。那间房，屋顶很高，还算宽敞。屋子里，靠墙摆着两张病床，另一头的墙根处，竖着那个盐水瓶架子。那具骨头，头上披着一块蓝纱巾。这么纯净的蓝色，本来是用来衬托她的女人味的。现在被它悬在那儿，显得那么无所事事。他再次深刻地意识到，她已经完全习惯于每天长时间地坐在它旁边。他在那张堆放着书的桌上放下煤油灯。不久后，在这间小屋里，这盏灯的昏暗，将只照在他和她的脸上，他将盯着她那圆润的脸庞，看个够。

他快步走过去，兴奋且动作麻利。现在，他正对着它了。这时，他做了渴望已久的事情。只一把，它的头就被揪了下来。他拎着那个骷髅头，这时他才意识到他手里那东西的特别，他有点儿吃惊，它怎么这么容易就到了他手上。他觉得拎着它的那只手好像来自身体外部，来自一个很遥远的地方，现在，从那儿，有种犯罪感蔓延了开来，但同时，他又有一种一个人开始一场战争似的兴奋，他的心怦怦地跳着。

他拎着它跑向女宿舍。它和男宿舍一样简陋，还是1958年转业官兵刚到这儿的时候，为了解决住房困难，临时突击抢建的。秋天，刚开始冷，单层窗户，还没糊上纸。多年后，坐在我对面的朋友告诉我，那一刻他的脸变得苍白，如果靠近他，可以发现，他都快哭了。在一道抛物线之后，那个骷髅头穿过窗户，出现在了屋里，并被屋里的灯光照亮。他能想象，屋里所有的女青年，墙上的黑影，都转向了它。接下来是长时间的尖叫，骚动。很快，狗也跟着叫了起来。他听到啪啪的声响，听到脚步蹿动的嗒嗒声，听到粗暴的踩碎的咔嚓声，他的头一阵发晕，闻到自己面前的空气里，弥漫着从自己嘴里冲出来的浓浓的酒精、浑浊的味道。他掉转身子，朝远处快步走去。

现在，将是一个漫长的长镜头。镜头拉向一个遥远的地方，在中国的最北方，一片田野里，一个男青年踉跄地走着，他的身影时隐时现，除了他急促的呼吸声，听不到任何声音。最后他跌坐在了田埂上，一动不动，像是完全忘记了自己是谁，长时间地盯着面前的黑暗。

"后来呢？那具骨头呢？"我问道。

仅仅一个星期之后，就像是什么都没发生过似的。在那个年代，在那里，谁会怕一个骷髅头，一具没有头的人体骨骼呢？"顶多是收割的时候，我们会害怕，害怕那一眼望不到头的水稻。"

所有的骨头都在后来几天的恶作剧里，在不知不觉中，变成了碎屑，它们缓缓地向下坠落，向黑暗深处坠去，消失在黑色的土地之下。

他后来几次经过卫生院，她的窗前。冬天已经来临，窗户已用木板钉死。

其实，他，她，那些骨头，都不过只是外乡人。

"时间一年一年地过去，我也成了一个医生。但我的良心却像肿了的牙龈一样，隐隐地难受。我还记得那小屋里的味道，那沉闷的气氛。我希望她能比我过得幸福。"

我的朋友想着这个问题，再次陷入了沉默。

我们所待的咖啡馆还算亮亮堂堂，但我们就像待在黑暗的夜里一样，谁也不出声了。我们在沉默中坐下去，只有空气和呼吸，仍在缓缓流动。

水　下

谎言已经不仅属于道德问题，而且是国家的支柱。

——索尔仁尼琴

离开贡院西街后，她坐上了一辆出租车。早上去的时候，她坐的是公共汽车，那会儿她心里想着，那份半个世纪前的爱该有多浪漫。她已经很久没有感受到这种东西了。要是她知道，这次出行将改变她整个生活，她也许会立即跳下车的。

但那时，她根本就没想到该回家，她凝视着那些摇摇晃晃掠过的店铺，想着自己身上，那种相信真爱的纯真也许将再次萌生，脸上就隐隐约约有了笑意。

现在，她只想快点到家，把窗帘都拉上，睡一觉。但那张脸，毫无笑意的脸，总是出现在她眼前，挥之不去。

她一进家门，就在傍晚的暗淡光线下看见了那幅全家福巨像。客厅中的两扇门打开，就是全家福。照片上那个唯一的男孩，此刻正在宽敞的屋子里来回踱步。他穿了件旧毛衣，脚踩在拖鞋里，手指间夹着根快烧完了的香烟。他一见到她，就像是见到面熟陌生的朋友似的，向前走了一步，却又迟迟疑疑地站住不动了。

在从窗户映进来的余晖下，他不断打量着她，她却看着巨像上那张毫无笑意的脸。

"那是一段很糟糕的日子，"他退到椅子边坐下，"所有老朋友都离开你，连见面能说个'你好'的朋友都找不着。你可能要去最偏远、最贫穷、最落后的小地方。那时候，你心里慢慢开始有了点怨气，很快你知道，那是唯一的办法，根本就不允许有其他的办法，你知道你内心的黑暗开始造反了。你只是想抓住属于你的生活。真的，很多妻子带着孩子离开，所有人相互出卖，都只是为了这个。"

"那真的是一段很糟糕的日子，"他继续说下去，"混蛋们得势，而我们失宠。一切都从你手上夺走，你一下子掉进最黏最稠的那个泥潭。在那儿你是没法抗争的，你越用力，就会在那泥潭里陷得越深。"

但她记得的，只是他在 80 年代写过的那些回忆性散文，那些文章让他们全家重新名声大振。他出版第一本散文专辑时她才 23 岁，正是黄金年代。虽然从全家福上，那个戴着眼镜的中年男人身上，她一点也没感觉到天生的著名作家气质，但她想，她一定会在众人之中脱颖而出的。她和他的血液里，都有来自一个著名作家的天分和勤奋啊。

每次演出著名作家写的那些话剧时，她都是坐在第一排的观众。每次演出结束时，听着人们热烈的鼓掌声，她就会骄傲地抬起头，含着热泪望向舞台，那在黑暗中缓缓合拢的幕布。

三十多年来，他频频出现在电视或报纸上，最近则是网络上，回忆那位著名作家。他回忆他们曾经一起度过的幸福生活，他公布了很多照片，他努力写文章，调入作家协会，他谈论自己的日常生活，对各种话题提出观点，想证明自己配得上做那个著名作家唯一的儿子。拍照时他拿着作家的文集某卷本，摆出各种姿势。他参加各种展览的开幕式，不太重要的文艺会议。只要有记者提问，他都愿意侃侃而谈，就作家的教育观、阅读观、写作观、爱国主义观等问题发表见解。

"就算那是一段很糟糕的日子，你也很快走出来了。"她低声咕哝了一句。

"那年你才3岁，我先是被停了职，整天无所事事地在单位里坐着，后来开始写检讨，写到麻木，写得胳膊和手连动一动的念头都没有。每天早上起来，一点都不想把自己好好收拾干净。从上到下，一粒粒扣上那些扣子时，要用上全身的力气。大部分时候，我一天都不说一句话。"

"今天是他的档案向社会开放的第一天。我告诉过你我要去看看，你为什么不阻止我？在那里，看到那些材料，我惊呆了。我经历过的那些失败、背叛，在他的遭遇面前，显得多么不值一提。"

他低下头，不再看她。过了很久，他站起来，从桌上拿起烟，披上他挂在椅背上的夹克衫："我们去那里转转吧。"

他们坐上出租车。车开了很久，才开到一个厂区前。她看着他靠近门卫，给门卫递了支烟，低声说了几句后转身向她招手。

厂区的南侧是地铁车辆段，北侧是刚刚修复的转河。空荡荡的厂区里，似乎只有他俩在走动。

"这里从前是片湖水，再往前，是一眼望不到头的芦苇荡。据说这片水域源自元朝，是什刹海在城墙外的一部分。1958年春天对这片芦苇荡进行改造时，我还在列宁格勒读书呢。唯一见过这片湖水的那一次，就是那年夏天的那个早上。要是没发生那事儿，这湖水，还真是美丽。"

"美丽的东西，不是应该带给人一种生活的乐趣、爱的愿望吗？"

他没有接她的话，他只是说："你闭上眼睛，想象一下。"

她真的闭上了眼，于是，呈∞字形的湖水在她眼前荡漾了起来。湖的东边是苗圃、花坛、游人长椅、码头。湖的西边是荷塘、稻田、灌木林。湖上架着一座三十米长的木拱桥。湖心是一座孤岛，岛上种着柳树。

"那年初夏，湖里先是出现了许多大红、墨黑的金鱼，然后是字画、瓷器、三枪牌自行车，再往后，就漂上来了一些死人。又过了两年，为了修建战备工程，这湖成了渣土填埋场。一车车土石滚进湖里，水泥构件朝天空竖着。再后来，湖被彻底填平，建成了地铁修理总厂。"

她睁开眼。远处，地铁车辆正从黑暗的地下驶出地面。

"他穿得干干净净，独自来到这里。这里是他觉得这个城市最美的地方。他在湖边坐了整整一天，在树下，听着鸟雀鸣叫，几乎没动过。看到天开始擦黑，他会不会有些伤感？黄昏，总是会有一种不同寻常的忧伤。最后，夜深了，除了黑压压的柳树外，什么都看不清了，湖边什么人都没有了，他步入湖水自尽。作为一个著名作家，他死得体体面面，却没给你们留下任何字，你觉得是为什么？"

他摇摇头，抽出一支烟来点上："我知道今天你看到的那些材料让你很悲伤，我那时候还年轻，我相信那样做，是为了未来，要是我知道……从那时开始，我的整个世界就塌了。"

"我是坐在一个角落里翻阅那些东西的，我好像本能地就看到了那些。"她没法告诉他，那些秀丽的书法字，对她有多大的触动。她也说不清楚，她一共读到过多少遍那个签名。

"那份材料，一笔一画，我都记得清清楚楚。我拿起笔来，就像个第一次做作业的小学生似的。我是在单位里写的，还没写完的时候，我感觉有人坐到了我面前，我抬起头，愣住了。他平静地看着我，脸上没有流露出任何痛苦。那一瞬间，我的内心充满了犯罪感。'爸爸，'我轻轻喊道，'我这就撕掉。'但他突然在我眼前消失了，我不安地转头，门好好锁着，屋子里空无一人。过了很久，我才努力使自己平静下来。上交了那份和他划清界限的材料以后，我双手捂住脸，哭了一会儿。但我是如此害怕，既没有哭出声来，也没有流下眼泪。"

他说完，看到她沉默不语，就盯着她的眼睛说道："如果当年的那一切在今天重现，我真的希望，你也像我那么做。"

"爸爸，"她侧了侧身子，他的目光让她很不舒服，"我看到的，不是你说的那些。"

两人之间静了许久，就在这段沉寂里，她想到了那张沉静安详的脸。"和我说说奶奶和爷爷的故事吧，"见他一脸的诧异，她解释道，"我记得小时候，奶奶总是会长时间地看着爷爷的照片发呆。他们相爱吗？"最后那五个字，她像是在说悄悄话似的，把声音压得低低的。

"她是一个很好的人，很好的母亲。一次我生病，她一边看着我掉泪，一边抚摸着我的头发。她爱父亲，他们在一起的时间不长，但是，我们一家人的生活很幸福。"说到这儿，他顿了顿，带着种安慰她的语气补充道，"她应该爱他的，他是个很有魅力的人。他爱花，在你小时候住过的小院里种过一百多种花花草草，他走后，她一直把它们照顾得很好。她以前和我说过，她最喜欢那座小院了，对她来说，他在院子里浇花，小院的烟囱里往外冒着烟，那就是幸福。"

她听着，一些已经遗忘的图景浮现在了脑海里。一个夏天的早晨，父亲似乎打算和奶奶一起出门去一个什么地方，最终父亲一个人走了，她还在他的身后跟了几步路。她长大了一点，一次一连吃了好几个柿子，之后肚子疼了好几天，因为她不知道不该喝凉白开。那座小院里有两棵柿子树，每年秋天，树上坠满沉甸甸的柿子，发出橙色的光，很是温馨。她的眼前满是那橙色的光，她甚至感受到了它散发出来的温暖，但光越来越强烈了，让她焦躁不安起来。这和她眼下面临的另一种痛苦的煎熬很相似。她想起来，从她确定恋爱关系的那一天起，她就很害怕这段感情，就是因为害怕失去时的这种痛苦。她已经害怕了二十年。今年，他们的儿子考上了大学，儿子离家后，一天早晨，丈夫提出了离婚。

那时她没有发出任何声音，她进了卧室，先是躺到了床上，不过很快她又爬了起来，因为听到了丈夫锁门的声音。她起床的速度太快，导致了体位性低血压，眼前一片漆黑。她跌坐回床上等了一会儿，感觉到血液重新正常流动了，才走到窗边，开始向下张望起来。一辆黑色的奥迪A6驶来，停下，她看见丈夫上了车，车子并没有马上发动，也许丈夫也在隔着玻璃望着她吧。车终于动了，离开了她的视线。她的胃开始灼痛起来，痛一直扩散到了整个胸腔，让她难以呼吸。

此后的每一天晚上，她听着楼道里的声响归于寂静，想象着丈夫正在干什么。到后来，她痛得连想象的力气都没有了。有时她站在窗后，把目光投向外面黑幽幽的车道，看看有没有什么奥迪 A6 停下。他不会回来了。她拉上窗帘，从窗户那儿一直退到床边，仰面倒了下去。她想自己这一生真是失败，她将作为一个不幸的女人，在孤独中死去。

有天晚上，她随手打开电视，竟然看见了丈夫被采访的镜头。身为大学校长，丈夫正侃侃而谈对创意文化产业人才的培养。采访结束，她换一个台，主持人正在讲解一部俄罗斯电影全片开头的那个长镜头："导演拍摄了一棵没有一片叶子的树，从清晨一直到太阳升起，预示着什么也不做苦苦等待，是没有春天的……"

她一度认为，这是上天给自己的一个暗示。但在最终寄出那些匿名信之前，她犹豫了。

她决定去一次东城区市档案馆。这一年，距她的爷爷，那位著名作家去世，四十六年；离她的奶奶去世，十一年。是个阴天，还刮着大风。她想这城市怎么像自己内心一样，那么阴，那么暗。她记得自己睁大眼睛，听着奶奶讲述她长长的逃难寻夫过程。那一年，她一个人雇了几个车夫，带了十件大行李、三个孩子，乘着夜色悄悄离开北平，先是坐火车到了安徽，又离开火车向西进入河南，夹在灾民队伍里一路向西，穿越整个河南省，走了五十多天，一直走到重庆，和丈夫团聚。每次听，她都会像是第一次听到这些似的对奶奶说道："您太了不起了！"于是，老人的眼眶禁不住湿润起来，走到那幅全家福前，用手抚摸一下那张毫无笑意的脸。

她想亲眼看看，那些家人口中，证明患难情缘的情书。既然它们能在几十年前，让一对男女彼此感动得热泪盈眶，也许那些文字也会让自己重新充满爱的能量。

她一到那里，就贪婪地翻阅起来。她甚至看到了著名作家中学时代的习作，但她没找到她真正想看到的东西，她急了，她可是为了它们才来这里的。就在这时，她看到了那些熟悉的字体。

如果这是一个长镜头，那么，镜头先是从很远的地方照出一条胡同，然后慢慢拉近，再往后就出现了一个三进小院，一进门是一座灰色砖影壁，接下来看到的就是第二道门了，一座五彩木影壁，镜头再近一些，是一个秀丽的"福"字。绕过木影壁，院子豁然眼前（她在这儿度过了自己的童年、少年、青年）。两棵大柿子树，从俯拍的这个角度看，它们尤其枝繁叶茂。院子里挂着刚洗完的衣服，屋檐、墙壁，慢慢看到了一扇窗户。镜头从窗外慢慢拍到里面那些家具、摆设、书、画，以及坐在床前正写着什么的女人。镜头推到笔尖，她看清了女人笔下的字……

"我好像就站在那儿，站在她的身后。我看着她正在写字的手，就像是在看着我自己的手一样。"

那些类似日记一样的揭发信，完全可以充当著名作家的工作日志，比如今天写了多少字，写的是什么，给哪里写的，写给谁，见了多少客人，都有谁，说了些什么，等等等等。一日之内诸多事情，一、二、三、四、五，分头叙述，总到十以上。也有为其开脱辩解的，细心的人一定可以猜得出来，写下这些的女人，是个感情丰富而细腻的人。

当她看到这些时，她哆嗦了起来。

"原来我的身体里有这样的基因，"她说道。"在她写下那些的时候，他在这里，一个人度过了他生命中最后一天。"

"伤害了他，毁灭了他的，并不是我们，而是不幸本身。……那年头，我们大家都太害怕了。"

"在那个小院里，大家都选择忽视他的孤独。"

"你以为她没有注意到吗？她早就知道，但她应该怎么做？她要是愿意，就不会把他们拆开了。在她辛苦持家，照顾他病重的母亲时，他却和另一个女人一起在另一个城市过上了幸福的生活。可惜的是，有五年时间，她一点儿也不知情。她还一直期待着他能来找她呢。后来告诉她的，是他的朋友，当然是出于好心。于是她带着我们上了路，但他还是不肯来见我们，他说自己病了，需要住在医院里，因为另一个女人也病了，他们就在医院里躲着。这种情况一直持续到另一个女人主动离开为止。此后，有一段时间，他们仍然保持着联系，他还犹豫过，要不要两人一起离开……他对很多朋友说起过，说人的一生只会有一个爱人……"

她听着听着，抱紧了自己的肩膀，头有点晕，但也许只是因为站立得太久了。她真想躺下来，蜷成一团。

一个男人，要是老想着另一个女人，在他写作时，看书时，坐在树下等待夜晚来临时，甚至在他和这一个女人说话时，那另一个，总是忽地出现在他眼前，会是怎样的感觉呢。而这一个，为了忘记这一切，每天准备着家里人要吃的饭菜，心不在焉地听着大家谈论文学，感叹世事……

现在，她能感觉到，身体里那个不幸女人的存在。她避开他的目光，扭过头朝厂区出口望去，路灯已经亮了，但那些细细的弯着的杆子在她看来，像是一个个格外忧郁因此格外沉默的女人。

"我们都是可怜的人……"

"人是为了自己以为想要的东西而生活的，"他又点起一根烟，他长时间地轻轻按着她的肩膀，夜幕像罩子一样落下，两人衣角的轮廓也开始模糊起来。

"但是，相信我，父亲优秀的血脉每天都在我们身体里流动不息，"他用一种神秘的语气骄傲地对她说道，"别放在心上了。来，让我们回家，闭上眼睛，睡一觉，一切都会好起来的。"

自　由

双手最后一次抚摸布料，是在一年以前。那一年的冬天，我接到一个从遥远异国打来的长途电话。

　　飞去那里之前，我用谷歌地图查了查，父亲生前住的那座房子，在山区里，那小小的一点，看起来偏远孤寂。

　　二十年前，他坚持送我去法国学习艺术设计，"在这里，你学会的是设计的技巧；在那里，你将懂得什么是真正的创作。"那年我18岁。他在我身边，走得不紧不慢。在安检门外，他那双传承竹编世家的手，缓慢地、温柔地，滑过我的头发，然后，用力捏了捏我的肩。

　　母亲很早去世了，父亲如果在家，总是待在自己的工作室里。他将碗口粗的川毛竹剖成近万根竹丝。它们散成丝缕，在他指间灵活穿梭。他研究书法，琢磨它们的气势韵律，从单个笔画勾勒到其间游丝牵引，再用竹丝对照原迹。有时，几天过去才编完一个字。细致、缓慢、精确。

　　父亲去世之后，先是剪裁布料时，剪刀突然从布上掉下来一弹，划破了手，然后是画图纸时，纸上出现了父亲的形象，打算钉在领口的人造珠宝滚了一地，叮叮当当，声音自近而远，越来越远。

手似乎变得笨拙，而我还不明白，这是怎么回事。

那天夜里，突然从梦中醒来，陷入黑暗和静寂。手指微微颤抖。在梦里，父亲将修长手指的手重重放在我肩上，仿佛要告诉我什么。

父亲没有要求过我像他当年那样，练习剖篾、分篾，需要坐上近十年板凳，机械又枯燥。"你必须自由地飞起来"，于是，这二十年，布料就是我的家，我的床，我伸手可及的天空。我在布料中生活，用针线填补我的孤独，也在那里面隐藏自己。

我在哪里？

我取消了所有订单。也许永远取消？没人知道真正原因，包括我自己。消沉？心血来潮？父亲的去世是一个很好的借口。

第二天我就飞回了中国，回到了我出生的那片土地。

渐渐的，我似乎又找回了少年时的快乐。观察每一棵竹子不同的青色，看云彩如何被落日照亮，爬到山顶看地平线朦胧的尽头。

"百日祭"后，我离开家乡，到处游走。

那天下午，在一条种满悬铃木的大街上，我看见一扇半开的门后有一个花园。园子里种着一片茂盛的青翠竹子，它们普通，但让我想起家乡的竹林。我情不自禁走了进去。

园子尽头，是一个小小的茶馆，玻璃门开着，沉香熏出的淡雅沁凉，丝丝缕缕。我敲了敲，探头进去，一个老人坐在那里，他一言不发，对我做了一个"请进"的手势，还向我示意他左手边那张太师椅。我犹豫了一会儿，也许是局促不安，我在不大的店堂里转了一圈。

老人仍然保持他自然挺直的姿势，他提起水壶，沸水沿茶壶口内缘而下，不急不缓，一气呵成。茶汤依次轮转，洒入他面前三个茶杯，如此反复三次，把各个茶杯渐渐斟满。老人放下茶壶，捧起小杯，又用询问的眼光看我，仿佛在等待什么重要回答。

我坐了下来。茶具竹丝扣白瓷而成，手握之处，两根竹丝交叉编织，一明一暗，有静有动。烟气袅袅而上，三口喝下，茶香从舌尖逐渐向喉咙扩散。

"这茶具……真美。"

"一位和我差不多年纪的老先生做的，他编了一辈子竹子。他总是说，我们双手接触到的优雅，会帮助我们养成某种风度，甚至，帮助我们去思想。"

老人声音低沉，仿佛在自言自语。"来，抚摸它，它曾经来自远方的山上，在风里，它会有韵律地摇摆，现在，在你的手指下，它停了下来，它在呼吸，在等待下一阵风拂过。"

你一直坚信：取景器是相机的眼睛，是人眼的延伸。没有取景器，就谈不上对焦、构图和拍摄。

摄影，是你的生活方式；取景器，是你窥视世界的方式。

你迷恋"哈苏"，借助它，你才能更好表达。你迷恋机械、电子、光学的高度协调，你用它凝视凝视本身。恣意切割，框成矩状或正方。它总是悬垂在你胸前，领你在风里追随一片枯叶，或者陪你守候时间深处，幽夜灯影。

而现在，在这个陌生的亚洲国家，你却感到了焦虑、彷徨、无所归依。你的取景器摔坏了。穿堂、天井、院落。石板路、水墙门、过街楼。风景如果对不准，如何按下快门？你无法再丈量它们与你的距离，它们不再属于你。没有了取景器，美不再属于你。

你闭上眼，试图在记忆里寻找妻子的脸，但那张你拍过无数次，椭圆、高颧骨、总是微笑的生动面孔，没能翩翩浮现。难道那上千次的按动快门，并未创造一个充满激情的世界？难道只有光，雕刻着、抚摸着她脸上的细节，却不是你充满爱意的眼神？

这么多年，你是一个生活在取景器里的旁观者，而不是一个生活在生活里的感受者。你把世界切成一个适合你的温顺四边形，因此没能在世界上亲证自身的存在。

心为形役。是在哪里看到的这四个字？

这个午后，某种怀疑自己的情绪从心中漾起。第一次，你犹如一个旅人，彷徨街头，茫然若失，小心翼翼地观察，重新测定自己的心之所向。

就沿着种满悬铃木的大街走吧。

你把相机挂在肩头，重新振作心情，漫无目的地闲逛起来。

自己当年，为什么会拿起相机呢？

你出生在法国南部海边小城，你喜欢坐在沙滩上，望着那片一直绵延开去的水面。有没有一条路，像大海一样没完没了？你想看尽一路风景。你遇到过各种各样的事儿，见过形形色色的人。街头一闪而过男人的侧脸，伫立于窗后少女的眼神。惊鸿一瞥，却鲜活，烙印在你的眼睛里。

你举办了摄影展，出版了摄影集，渐渐地，取景器自会找到适合留驻的影像。你再也不会追问自己：今天，要向哪里去？会和谁邂逅？什么事情，将要发生？

此时此刻，在这里，在世界的某个地方，有谁在做着什么？

你下意识喃喃自语，于是，你看到了一堵灰色的石墙，墙后，是几株细瘦的竹子，在淡淡的阳光里摇摆，地上竹影摇曳。

一间茶室。几炷沉香，燃起雾霭。两个看起来无所事事的人。年轻的女子穿了一件黑色的衬衫，给人一种柔弱的感觉。她喝着茶，从窗后向你扭过脸来。年老的男子，有着一双深陷的眼睛，眼皮有时会缓慢合上，似乎一心一意，等着眼前一壶清水烧开。

隔着一层玻璃，室内室外，恰似两个世界。闲花落无声。不可思议的静，润了你的眼。你不禁走进去，对着眼前的一切，对着这舒缓，举起相机，不知不觉按下快门。

拍下什么都无所谓。在那个瞬间，某种直觉，通过你按快门的指尖，觉醒。而那个在海边，渴望看尽一路风景的少年，也重新浮现在你的视网膜上。

那个时候，你还不知道，很快，你将创作一本新的摄影集《自由》，在那本集子的后记里，你将写下这个午后的感受：

如何抓住生命的故事？生活真正的本质，实在太精细太微妙，迟钝的取景器是看不见的……越追求准确，就越远离准确。一颗敞开的心，才有凝视的自由。

女人自言自语，这里怎么这样静呢？

他很想告诉她，安静，也可以是一种噪音。

因为视神经萎缩而彻底失明的那一刻，他好像从世界的坍塌声中醒来，陷入夜的黑暗和静寂。他一个人坐在茶室里，把头转向左边，再转向右边。他在这里喝了三十年的茶，身体轮廓的影子已经印在了椅背上。他记得放在桌上的每一件茶具，闭上眼睛也能把它们摆在一条精准的直线上。他还记得经常来这里找他喝茶、聊天的男人们的长相，他们各自轻微的口音。

他给自己泡了壶茶，在等待水烧开的时候，他将所有茶具摆成了一个闭合的圆形，他的手指抚过这小小的团圆，因它们和他在一起而感到安慰。

送他这套茶具的老头已经很久没来了。在他这里喝了好几年茶，他猜测，大概已经去世了。每次他给他泡好茶，他都会端起来，放在鼻子下面慢慢闻一会。两个人静静地喝茶，看着簇簇竹叶摇曳，竹梢上，一只麻雀跳啊跳。一杯茶喝完，老头打开随身的包袱，拿出最新的竹编作品给他看。头一年，他们很少交谈。老头抓住他的手指，滑过那些细密、凉爽的表面。"现在的年轻人，很难理解手工艺的价值了。"是他让他明白，和香道、茶道一样，手工艺品，各种细微差别，带来各种色彩。或温柔或强烈。每一处纤小的不同，最后都会化为一种硕大的感受。

"你看，天、云、山，都映在这静静的竹丝上了。"

手感。

他闭上眼睛，但他明白过来，如今睁大眼睛也是一样。这让他有了几分恐惧，索性把茶室关了，找一个保姆照顾自己，从此把自己隐藏在安全的室内？他的手指下意识抚摸着白瓷茶具外表，那一丝丝的凸起。阳光、阴影、季节、时间，都被吸收在这密密的竹编里了。在一种神游状态中，他似乎看见了银白的月亮，闪闪的星星，飞来飞去的鸟。

他发现自己腾空在了自己之上，居高临下看到了自己花白的头顶。再升高些，高过窗外的竹梢尖儿。再升高些，升到鸽子盘旋的地方。自己这是在哪里？那个坐在椅子上一动不动、瘦弱的老人还是不是自己？再升高些，升到云层镶金边的地方，他看到了自己的家、茶室所在的街道、整个市区……他应该已经到了很高的地方，因为他感受到了明亮的光。

身未动，心已远。他安静下来，睁开眼睛，只是天黑了嘛。这黑，是与大自然息息相通的孤独，是生活的一部分。

像往常一样，从早上10点，一个人坐到时钟敲响十八下，然后关门回家。心满意足，心平气和。他能真切地感觉到，每一个顾客，从他面前走过时的动作，比看见他们还真切。他等着，听着。他们推开院门，从竹林前走过，走上那条林间小道，进了茶室，待上一会，回到院子，然后离开。有时也有人已经从房子前边走过去了，再折回来，走进来。他坐在自己的椅子上，古琴曲开得轻轻的，双手时不时把玩那些小小的茶具，他需要通过它们熟悉与调校自己的感觉。有时他用指甲轻扣瓷胎，久久聆听那细小的声音，那是他自己的世界在回响。

喝完第三杯茶，我把行李袋背上了肩头。我想回家了，回父亲的家。

在父亲的书架上，我发现了一本书。一本我从未听说过的书，《古老的手工艺》。布面封皮上布满了灰尘。书页很大，书页的纸张很厚，已经发黄。衍纸、锡镶、木旋……其中有一个条目是：羊绒毡。

这种工艺最初被运用于游牧民族蒙古包的制作，其后推而广之为一种制衣方法。不过，即便在其发源地蒙古，如今也已渐渐式微。

太阳开始落山了，照得窗外高高的树梢很亮，似乎那是父亲的眼睛，正明亮地看着我。我想起来，父亲总爱说"为什么不去弄明白，那些古老的被遗忘的？它们一定是光辉灿烂的。"父亲总爱在自己的工作室对我说这些。我蹲在他旁边，看他将竹皮的一端切开若干个小口子，把竹丝揉出来。现在，我好像再次听见他的声音。

小时候，我是个睡觉不太老实的孩子，盖的毛毯常常掉在地上，父亲一夜几次起来，给我拾起毯子盖在身上。热乎乎的暖，从脚底进入，向四周辐射，传遍全身。真想再感受一次，能驱散所有脆弱的，那样的暖。我决定，要用那古老的手工艺，为自己，做一件长长的羊绒毡大衣。

在轻柔似云的团状山羊绒表面蘸上肥皂水。双手如同擀面一般，快速把一团绒毛搓成一片布料状织物。再继续推揉、摁压，让它在样版上延展开来，直至布满样版的正反两面为止。抽出样版，换上合衬顾客体型的纸样塑形，调整服装的大小和形状。整个过程不需过多丈量，不需一针一线，只凭借工匠的经验手感，最后做出的每件衣服都独一无二。

揉搓、洗涤、脱水、烧煮、晾干、整烫——几周过去，一公斤左右的蒙古白山羊绒被我的双手雕塑成了一件羊绒毡大衣。是的，我想命名它为"雕塑"。光滑如缎，柔若轻绸，没有剪刀、针线或缝纫的工序，整件衣服，全身上下没有一道接缝，就连纽扣、口袋，也是我用手揉搓而成，丝丝入扣。

速度、聚合、厚重、柔软、和谐……原来，手可以表现出如此丰富、潜隐的层次，而用在指尖的力度，又传达出不同的结实感。这种深度质感，可以体察，却不能用言语表达。雕塑它的过程，仿佛行走在晨雾拂罩的山峦之上，每一次的连接，就是一次起伏。而每一次的延展，又恰似小时研习国画时，飘忽晕染的微妙。

我抚摸身上的羊绒毡袍子，它轻柔保暖、色泽恬淡。我知道，朴素的它将沉实、稳重，呵护我至下一个世纪。或者，也将呵护我的孩子？我想象那是父亲的手，轻轻覆住我的肩膀。"艺术工作，全凭手感，手感，就是我们生命的需求。像这竹编，到现在还没有哪一样机器可以替代。"是的父亲，我终于明白了您。内心情感深藏不露，却通过十指发散开去，最终，又能收归内心。惟有经由双手触摸，才能体悟创作的妙处，并为之怦然心动。而由此练就的宁静手感，谨严缜密，不迁就任何时代。最终，对物有感觉的人，才能在感觉中探查物，进而将物与生命互融。

突然，灵感在我头顶，开始喃喃私语。许多年后，我仍会记得这个独一无二的夜晚。我摊开一卷布料，点起一支香烟，烟火烫焦、熔合，先是出现一个个有些纹理的洞口，慢慢地，它们再现出父亲曾经编织过的书法字。一个新的天空和另一种节奏。节奏暗合了许多年前的另一双手。烟气，在宁静中消散。而夜晚的光，也已经亮起来。

莎菲奇遇记

一天下午，莎菲想去附近的公园看会儿书。她在一张长椅的一头坐下，打开书来看。另一头坐着一位先生，说不上有多大年纪，面容瘦削，一头浓密的黑发留得很长，双眼炯炯有神，鼻梁很高，颧骨突出。穿着一套黑色中山装，前襟的右上口袋里放了一块白色手绢，露出一个小角，散发出一缕淡淡香味。她走过他身旁时便闻到了。

　　"喜欢看书?"他问道。他说话的口音莎菲一点都不熟悉。

　　她回答他说是，"我自己也写书。"她说。

　　"哦，"他说，"你是写书的? 有意思。照我说呀，靠写书谋生的人，没法写自己本来要写的书。"

　　"我不会是那样的。"

　　"是吗? 那让我们看看，你会不会变成那样的……"

　　接下来，男人不再说话了。莎菲默默地看书，但她突然感到极度疲乏，眼皮越来越重，接着就睡着了。

她梦见自己坐在一座红色的宫殿前，在她面前，是蓝色的大海，一块小舢板在水面上颠簸，突然，一个很高的浪摔下来，打翻了舢板。一个声音从远处传来："只要保持沉默，就会要啥有啥。"

　　睡梦中的莎菲弄不懂这是什么意思，她还在努力思考着，却被一阵响动惊醒了，她迷迷糊糊地睁开眼睛……

A　可怜的小女孩

　　"金色的阳光，洒满了田野，一些割了稻的田野；洒遍了远远近近的小山，那些在秋阳下欲黄的可爱的无名的小山。风带着点稻草的香味，带点路旁矮树丛里的野花的香味，也带点牛粪的香味，四方飘着。水从灵灵溪的上游流来，浅浅的，在乱石上'汩汩汩'地低唱着，绕着屋旁的小路流下去了。因为不是当道的地方，没有什么人影。对面山脚边，有几个小孩骑在牛背上，找有草的地方行走。不知道是哪个山上，也传来叮叮的伐木的声音。这原来就很幽静的灵灵坳，在农忙后的时候，是更显得寂静的。"

　　在一本书开头的段落里，莎菲描写了小乡村美丽的景色。看到这样的段落，在街道宽阔的繁华大城市里生活的读者们就会想：多么富有诗情画意！城里人很容易动感情，尤其是那些女性，她们啧啧称羡：太宁静安逸，太浪漫了！

　　十月里的一天，莎菲就在这样一个小乡村出生。

不过，住在那里的人都没什么钱。谁家的钱少了，谁家就变得忧郁，整天吵架拌嘴。她还没满周岁，比她大3岁的姐姐就患上痢疾去世了。4岁不到，她那个喜欢穿华丽衣服、喜欢买马的爸爸死了。办丧事的人强迫她戴上一顶奇怪的有三个棉球的帽子，她被带到一个满是一块块白布，上面画着乱七八糟东西的厅堂里。她的妈妈跪在一个长方形的黑箱子后面，她被放在妈妈的身旁。那些棉球球颤动得就像落下的泪珠一样。又过了几个月，她的弟弟出生了。

　　她的妈妈体态丰盈、生性乐观，她变卖了一些资产和财物。由于那时女人不容易找到工作，她进了一所师范学校念书，并把5岁的莎菲送进附属的幼稚园。莎菲的小弟弟很容易生病，脸色总是很苍白。莎菲对她的弟弟非常好，放学后照顾他，陪他玩，虽然自己还是小不点，可已经是个能干的小妈妈。她把他放在椅子上，嘴里喊着"突，突，突"，告诉他他在开一艘大轮船或者一辆小汽车，他们正从水路或者陆路到很远很远的地方旅行。可他还是因为患上感冒，发展成急性肺炎，没有活过10岁。

　　人怎么说没就没了？莎菲不明白，一个喷嚏竟会造成这么可怕的后果。所有这些不可理解的事，使莎菲变得不爱笑了。她和悲伤的妈妈寄居在舅舅家，住在一座小花园后边的单间里。那是一个狭长的房间，越往里越昏暗。靠墙的地方摆了架小梯子，一直顶到天花板。她爬上去，发现了一个阁楼，里面装满了大大小小、各种各样的书。这些书布满了灰尘，堆在地上，像小山一样。她的眼睛无论如何也不能从那些书上移开。她感觉到，它们放射出一种磁力，在紧紧地拉住她。她一步步走近它们，慢慢地伸出手，轻轻地打开最上面的一本，读了起来。

她从早到晚读那些书，那一年的整个春天和夏天，她就趴在那些书上，忘记了周围的一切，连饿也不觉得，虽然她对书中的很多内容并不明白。她还偷偷地流过许多伤心的眼泪，因为某个人物经历了一次冒险，结果失败了。她喜欢一些人，讨厌另一些人，为其中的几个担惊受怕，又对另外几个充满信心。她最喜欢的是《水浒传》和《七侠五义》，她一开始不喜欢《红楼梦》，但后来还是喜欢上了。她特别喜欢《大卫·科波菲尔》，因为他也是没有父亲和孤独的。她也喜欢《鲁滨孙漂流记》和《格列佛游记》。在那些故事里，人都要去远方寻找幸福，有些人死了，有些人成了英雄，还有些人，变得很有钱很有钱，回到家乡，谁也认不出他们曾经是谁谁谁。

夏天，妈妈带莎菲离开舅舅家，莎菲成功地通过了师范学校预科的考试，而且获得最优异的成绩。她对学习有很大兴趣，每天都认认真真做功课。一个学期就写了三本作文、五薄本日记，有两首白话诗还在市里的报纸上发表出来。老师赞扬了她一次又一次。她开心极了，变得乐于助人，而且富有同情心。而唱歌和体育课，也使她重新成为一个快活的孩子，找回了她的笑。那可是一种发自肺腑的笑声，笑到最后别人总会跟着笑起来。她也结识了一个新朋友，她比她大两岁，已经是成年人了。她们决定，一起去大城市看看。

B 和影子的约定

在大城市，她的女朋友很快和一位热情、可亲的教师结了婚并搬去另一间屋子。她问那位教师，她应该学什么好，干什么好。他毫不犹豫地回答道："随你的心意，按你的喜欢去学，去干。飞吧！飞得越高、越远越好。你是一个需要展翅高飞的鸟儿。"莎菲不知道这是不是一个微妙的暗示：她应该继续前进，寻找自己道路的时间已到。

她去了一个更大的大城市。虽然为了生计，不得不精打细算，住在狭小的胡同里，千方百计地想着挣钱，吃过不少苦，可她依然是个天真烂漫、对人毫无戒心的女孩子。那里的年轻人都喜欢她那种笑声，她一下子有了比以往任何时候都多得多的朋友。这其中就有一个长着一副严肃脸孔的男青年，常常说些有趣的玩笑，使莎菲笑得前仰后合。他瘦瘦的，因为瘦，下巴显得更尖，头颅显得更大，肩膊也似乎宽了一点。他用一双闪烁着和蔼目光的黑色眼睛，热情地看着她。

"亲爱的莎菲，你愿意嫁给我吗？"

她心神不安地听他说着，不过听得很专心。最终，她点点头。

他们在郊外的山上住下了。蹲到廊下用一把鬼头刀劈柴，两手当撮箕捧了煤球放进炉子里，这种生活让她惊奇，也让她兴奋。他们常常在幽静的山谷寺院中一同散步，为了观赏落日，常常忘了吃饭。山上小麻雀的声音、青绿色的天空、谷中的溪流、晚风、牵牛花附着的露珠……她好像全身心地投到了这种新鲜的生活中去，直到有一天。

那天下午，她走到一条小河旁，在河边坐下。河里游着几只鸭子，长长的嘴巴，小小的翅膀，亮晶晶的眼睛，悠然自得地觅着食。要是在过去，她准会觉得它们很可爱。可她只是呆呆地望着它们，就像望着一堵空荡荡的墙那样无动于衷。她不得不闭上眼睛。她觉得，内心似乎有一种不安，她觉得，这些日子过去，她已经变成另外一个人了。这可能是因为，她的身体里，本来就住着另外一个人？

与其说那是一个人，不如说那是一个影子，它已经伴随她多年了。它不是经常来找她，但每次只要它一出现，她就会突然感到不能呼吸似的。这个下午，它又来找她了，在她耳边咋咋呼呼：快点，让我出去。她睁开眼睛时，声音消失了。眼前的景色还跟刚才一样：绿绿的草，一条羊肠小道通向树林，里面的树全长着巨大的树冠，鸟不时哼上一句两句歌，风慢慢吹动着。

当她站起来的时候，她做了一个决定。她要把那个折磨她的影子从她的身体里放出来。但她还没想好，应该怎么做。

他们住的地方，屋前屋后全是枣树，那天下午她就在他们住的小房子前前后后不停地徘徊，围着那些枣树转圈。她的爱人像块木头似的，默默地在一旁坐着。

当黄昏笼罩山谷的时候，她站在房角处看着鸡在那里活泼地跳舞，那个影子出现了。它走过来的时候，银色的月亮正在山谷上空升起，它的四周也闪着白白的，来自月亮的光芒。

她看到它，已经有二十一年，直到那一天，它才开始看她。目光相遇了。二十一年来，她和自己的影子，第一次用眼睛互相看。在它面前，她没有任何可以隐瞒的，它知道所有藏在她内心的秘密。

它给了她力量。"写出来吧，你要勇敢，"它的目光说，"坐下，把那些直到现在也没有和任何人讲过的故事写出来，"那双圆圆的黑眼睛说："你从小就喜欢自己编故事，编出那些从来没有过的故事，自己讲给自己听，就因为这个，你得写出来。"她松了一口气，甚至感到一种渴望，同时她也感到害怕。因为她的爱人告诫她，"写作，是充满乐趣的旅行，但不会简单、顺利。"说这话的时候，他把一只手放在她的肩膀上，把她紧紧拉到自己身旁。

为了她自己，（也许也有另外的原因？）把故事写出来、记录下来的时刻到了。

"我必须把正在消失的故事写出来。"

影子突然不见了。她一点儿也没发现它走了。有一刹那她觉得，它可能根本就没来过。

C　爱人不见了

莎菲深深地吸了一口气。影子有六年没再出现了，她不知道它是否还在那里。细小的皱纹已经出现在她的脸上，如今她是个有点名气的女作家了。

她朝窗外望去，外面静悄悄的。灯光平静地照着桌子，投下一小圈明亮的光环，那里面，似乎有一双眼睛，企盼地看着她。她发了一会儿呆，小声说，"现在"。

她在桌子前面坐下，椅子很硬。她拿起笔。冬天的欢笑，春天的争吵，从她眼前闪过。她差不多还可以看看他们六七年的日子，但是她不能让那些细节在眼前停留。她没有勇气，也没有力气，重新面对那些年的快乐。那会使她更伤心。

思绪退回到一个月前，冬天的一个早晨。那天他要她等他一起吃午饭，他穿着朋友借给他的暖暖和和的长袍，高高兴兴地走了。结果他再也没有回来过。

事情是从那一天开始的，同时也有很多事情结束了。

那一天很多事情结束了，更多的事情，则刚刚开始。

而莎菲自己的故事，应该是从那天开始。

但她那时还不知道。她就那么靠窗坐着，等着。天渐渐暗下来，外边开始刮起了风。她拉亮了电灯，但她还是感到屋里安静得就像有人刚刚死去。她不能待在那里，而她又怕跑出去。她焦虑得僵住了，努力宽慰自己，但是她无法镇定下来。夜深的时候她支持不住了，闭上眼睡着了。醒来的时候，屋里没有他，床没有人动过。快到中午的时候，因为他没有参加一个既定的活动，他的朋友们担心他可能出了事，他们去他通常待的地方找他，"都找过了，他可能出了事故……"他们无可奈何地互相看看，又转向她。

她只能相信他待在什么人的家里，或者一个人一边等着看日出，一边想些什么事情。但是她内心知道，他已经不在这里。她知道他不会再回来。

她颤抖着，笔不想写出会被泪水弄得无法读的文字。一定要再等等。这种情况会慢慢过去。"我会重新开始的，"莎菲对自己说，"我也不会忘记你的。"她放下笔，双手抱着肩，多么希望，是他这样抱着她。

他对自己说过的最后一句话是什么？他微笑着说"我走了"？

她一直想着那句话。在她后来来到太阳王国，感到很安全的时候，在她为国王的演讲喝彩时，在她跟着音乐的拍子拍手，参加群众欢快的大合唱而晃动起身体时，在她坐在燃烧的篝火旁，暖烘烘地讲起自己的故事时，她一直想着那句话。

他曾经是个老师，他特别喜欢给那些热情的年轻人讲太阳王国的故事。"我也很想知道那里到底什么样。当然，我听了很不少，但是，只有去了那里，才会真正认识它。"整个下午和晚上，他都坐在学校的操场上讲啊讲，他在整个校园里燃起兴奋的热火，他的学生们都很兴奋。他被敬慕他的学生围着，充满信心侃侃而谈。她问他："你怎么知道的？"他回答："很简单，只要你相信自己已经是太阳王国的国民，你就会知道。"他也和那些无家可归的流浪儿，和平民中的贫民讲那些故事。他们聚精会神地听着。他与满身油污的工人们一起唱歌，促膝倾谈。他笑着，和一大群人在一起。他不分尊卑，平等待人。自从他开始讲述太阳王国的故事，他就完全变了一个人。

在他的描述里，太阳王国在很远很远的地方，要翻过荆棘丛生的高山，要穿过波涛滚滚的大海。"当你看到一堆接一堆的篝火燃烧着，火花在风中飞溅、飘舞，你就知道，你到了太阳王国。太阳王国，是没有黑暗的。即使是黑夜，也有熊熊的火焰，黑暗在那里，只会退却、收缩、消失。"

他失踪后，她相信，他是去了那里，实现自己平生所愿。她宁愿这样想……

她的眼睛有些痛，但是她并不疲倦，更确切地说，是她突然感到有了勇气。她想写写他，写写他嘴里的太阳王国。

她又开始动笔了，她不想停下来。

D　红缨帽武士

几个月过去，莎菲被写作搞得筋疲力尽：她笔下的每个人物都不肯罢休，都向她提问。最后，他们说了些什么，她全都没听见。声音变成一片嘈杂。她放下笔，用双手捂起耳朵。这时，一个男青年向她走来，他脸色白皙，衣帽整洁，身材适中。他一出现，所有的人物都沉静下来，他们看着他，一声不吭。而他穿过挤作一团的人物，走到她面前，抓住她的手，把她从人物的包围中拉走。

"不要理他们，"他说，"是你掌控他们。""不要让他们掌控你"，他补充说。

"你是……"她问。

"我是来帮助你的人，叫我风。"

她没有再往下问。她同意风和她一起住。风用一种平稳的生活态度来帮助她，他没有热，没有光，不能吸引她，但他不吓唬她，不惊动她，不妨碍她。她没有感到有一个陌生人在她屋里。看见她在写东西，他就走开。她肚子饿了，他就去买一些菜来，帮她做一顿简单的饭。他常常给她讲一点生活里的小故事，她平时很少注意这些事，她听了，觉得新鲜。这样，她也得到一点素材，好写进小说里去。

但是有一天，门突然吱的一声，慢慢开了，几个红缨帽武士出现在门口。

失踪的爱人告诉过她，人人害怕红缨帽武士，只要他们出现，大人们就会立即安静下来，连低声说话都不敢。孩子们则哭闹起来，他们的母亲会尽可能让孩子们远离他们。

莎菲站起来，她尽量平静地看着他们。他们站在房间门口，把门堵得死死的。他们的胸前有光亮的铜纽，腰上束着漆皮带，双脚蹬着皂靴。风在他们中间，双臂被牢牢钳制住。他的脸似乎有点变了形。他们走进房间，门在他们身后又啪的一声关上。领头的那一位，在靠窗子的书桌前那把最舒服的椅子上坐下。他用手招呼莎菲。她站在离他一米远的地方。他招呼她再走近一点儿。她摇了摇头。他一言不发，冰冷的目光久久地盯着她。她注意到，风的目光从她身上移开了，眼睛往下看去。她真想看透风的心思。他在想什么？其他几个，在屋子里随意走动，敲敲墙壁，掀开床，打开柜子，拉开抽屉。

"听说你写了很多故事，给我们看看吧。"领头的那一位说道。

莎菲沉默不语。

"看样子，你会自愿跟我们走。这样，你的衣服还是会像现在这样，整整齐齐；你的脸上，也不会有暴力的痕迹。"他向后靠了靠，手指开始敲打书桌，"别人只会以为，你出走了。你会在我们给你的小院里散步、构思，你可以继续看书、写故事。会让你继续写下去的，只为我们而写。"

他站起来，她不得不跟着他们走出房间。旅途有些漫长，她睡着了。梦里是风用冰冷的目光看着她。她大汗淋漓地醒来，发现自己在一个陌生的房间里，一把陌生的椅子上。她不在自己的房间里了。

有人把她扶到床上，她又睡着了。睡着前的那一瞬间，她意识到，有把钥匙在门锁上沉重地转了转。她被关起来了。

他们把她和风关在了一起。风用她熟悉的目光看着她。但她怀疑他，他是不是背叛了她，把她出卖给了红缨帽武士？

新的房子确实很漂亮，但是莎菲无法用文字确切表达出来。它比她以前住过的所有地方都漂亮，也是最大的一个，有好多个房间。院子很大，种了许多树，她在院子里散步的时候，总是觉得，茂密的树枝后边，有眼睛在偷看着她。

每天她坐在不同的房间里，腿上放一摞稿纸。她看着太阳从东面升起，又从西面落下。夜晚来临后有人为她拉亮电灯，她从一页纸翻到下一页纸，把一摞崭新的纸翻得卷了边，掉了角，皱皱巴巴的。但是它们还是很白。然后她再把它们一页一页弄平，叠好。做这些的时候她感到自己在发烧，血液在太阳穴里冲撞，双手打战。她的眼睛不敢看那一页一页空白。

E 莎菲逃跑了

一天接一天，一个晚上接一个晚上。从头到尾，再从头到尾。其实这座房子只需要一个用来吃饭睡觉的房间就够了。反正没有那个唯一的房间了。那个唯一的房间，就是莎菲需要的一切。它和这个世界上任何一个房间都不同，它使她成为她——莎菲。

住进这座房子之前，她就住在那个唯一的房间里。一摞纸放在她面前的小桌子上，她趴在桌前。只要拿起笔，笔尖那里就会生出一个金色光环，照亮整张纸。有时，纸静悄悄的，有时，却会传来各种声音。有时，会有一个苗条的影子柔软地在纸面上晃动，有时，却又能勉强看到一个男人生气的样子。不论是男人还是女人，是城市还是村庄，一切都离莎菲很近。她只要靠近那些纸，就能感受到那里传来的温暖。她只要顺着那个闪耀的金色光环，就能清清楚楚写出一行一行字来。

她不愿意再住在这座房子里了。它不是她的家，不过刚住进来那会儿，她还是称它为"我的家"，这样会让她有一种安全感。

这个念头在她心里已经很久很久，不过她没和风讲起过。如果能逃出去，她不想再见到他了。明知不是伴，事急且相随。她能感觉到风知道她这个念头，但他没有问。

他只是陪她坐在树下。太阳在树叶间闪着光，有时也会在最上面的那张稿纸上洒下一片小光斑。稿纸一片空白。"你会重新开始的。"风说。她看到他眼神里的孤单，她把手放在他手上，他颤抖了一下。他们没再说什么，只是心平气和地坐在树下，一同看着太阳落了山。再过一会儿，漆黑的夜就要来临，但是只要有星星和月亮，她相信自己就能找到逃出去的路。

刚开始的时候，一到夜里，红缨帽武士就会把门锁起来。三年过去，她已经不怕和他们说话了，有时甚至打断他们的话。刚开始的时候，他们会将端饭的盘子送进房间，随后立即关上门离开。三年过去，她可以自己做饭，也可以和他们一起吃饭。这天晚上，她选择和他们一起吃，尽管她一点也不觉得饿，她还是吃了很多很多。然后她开始给他们讲故事。她告诉他们，天上每颗星星，都是地上一朵鲜花死去后变成的。而黑夜，是一个美丽的皇后，她已经沉睡了几千年。她讲了院子里每一种树木花草的传说，讲了黑天鹅和白天鹅相爱的童话，一直讲到他们身体开始晃晃悠悠，然后自己闭上眼睛，趴在桌上睡着。

她走到窗前，月亮从云团里钻了出来，发出淡淡的清光。她觉得自己想张开双臂飞起来。必须离开这里。她毫不犹豫地打开门，先是大步走，然后开始奔跑起来。自始至终，她只是往前看着，头也不回。已经是秋天了，一路上都很荒凉。没有红缨帽武士，也没有行人。没有笑声，也没有歌声。

奔跑吧莎菲！她必须不停跑下去，一直跑到太阳王国。

"太阳王国建在西部的一大片高原上，山很大，沟很深，沟壑纵横。那里的土是黄色的，所以刮大风的时候，整个王国的上空都是黄色的。人们如果出远门，会选择骑马或者骑毛驴。他们吃土豆、小米、酸菜。他们穿的衣服主要有蓝、黑、灰、黄四种颜色，西服领上钉着两条短短的红带子，双排扣，腰里束一根布带。每个人都戴着帽子，帽子上缀一个红五星。所以，那是一片红星照耀下的土地。如果你听到铁匠铺的叮当声、骡马的嘶鸣声，你就知道，太阳王国不远了。如果你在夜晚看到美丽的火把，耀眼的火把，热情的火把，金色的火把，赤烈的火把，你就跟着走，到那火把出来的地方去，到那喷出火光的地方去，那里，就是太阳王国！"

她牢牢记着爱人曾经告诉过她的那些。她穿过一座又一座城市，经过一条又一条林荫道，通过一片又一片森林。有一段路，她是沿着河岸行走的，风光很美，青草柔柔的，鲜花盛开，散发着芳香，但这些景色她一眼也没看。

两个多月过去了。终于有一天，一股大风刮向她，扬起一阵黄色的尘沙。过了一会儿，风平静下来，她睁开眼睛，看见远处屹立着一片高高的山岗。

"莎菲……"她似乎听到爱人在小声叫她，"你做到了我想做的事，我永远在你身边……"

F 一切的光明和温暖

这是美丽的一天，在那间小小的窑洞里醒来，莎菲浑身充满活力和新奇感。前一天她骑了一天的马，到现在关节还有点儿疼。那是她第一次骑马，刚刚把脚套进马镫，还来不及去想别人教她的那套要领，马便随着前头的马飞跑起来。那时她心里只转着一个念头，无论如何不能掉下来，她不准自己在一大堆陌生人面前丢脸。他们和她一样，从远方来，刚刚抵达太阳王国。

她走到窑洞外，站在朝阳里，仰起头深深呼吸，好像这样就能把一切的光明和温暖都吸进自己身体里。"我可以自由呼吸了！"她大声喊道。

在喝了一碗小米粥后，有人给她拿来了几张纸和一支铅笔。"你是第一个来到太阳王国的著名作家，这里笔记本、纸张、铅笔都缺，但你可以按需领取，领取时记得登记。对了，一张纸，两面写字，就能当作两张用了。"

莎菲点点头，在板凳上坐了下来，把笔轻轻地夹在食指、拇指与中指之间。

"今天晚上，太阳王国会举办盛大的篝火晚会欢迎你们，我们的国王也会参加。"

国王是个面容瘦削的中年男人，个子高出一般人，背有些驼，一头浓密的黑发留得很长，双眼炯炯有神，鼻梁很高，颧骨突出。莎菲在一刹那间所得的印象，是一个非常精明的知识分子的面孔。

他站在篝火边看着大家，微笑着向大家伸出双手，"同志们。"他喊道，他两旁的国民们于是重复着喊道："同志们……同志们……"

他和每个人打招呼、握手。莎菲不知道，自己是怎么随着人流来到他面前的，但是她突然就站在那里了，他一边说着"你总算来了"，一边握住她的双手。

"我们这里的同志，一部分会唱歌，一部分会讲故事，但是他们还不会无中生有，我们需要你编新的歌词和故事。我们这里，当然绝大多数是正派善良的好人，但也有残酷无情的坏人，我们需要你这个大作家敏锐、犀利的观察力。我们看不见的，你看得见；我们看得朦胧的，你看得清晰；我们看得浅薄的，你看得深刻；我们看到的是表面，你看到的是本质。向我们报告那些可疑的行为举止，帮我们揪出那些坏家伙来。"

火光照亮了天空，人们在篝火边坐下，吃着小米饭、盐水煮土豆，喝着南瓜汤。虽然没有餐桌，饭菜也不算丰盛，但是一种巨大的欢乐充满整个人群。这时，从人们的头顶上飘来一阵清亮的歌声，那声音柔韧而有光彩，既有女高音的华丽，又有男高音的力量，在高原上回荡，直上云霄。

　　您是昭示光明的大神／乌云挡不住您那耀眼的光芒／黑暗遮不住您那璀璨的霞光／万物的生长要靠您的

照耀/人类的明天要靠您来玥示/您是一个民族的希望/您是一个民族的理想/我们共同对您说：太阳，您是我们共有的未来！

莎菲听得入了神，她顺着声音的方向望去，那里站着一排男青年，他们的脸色异常苍白、神情十分严肃。

"这样的歌声能让所有听过的人都印象深刻，这是他们非同寻常的天赋。他们还是孩子的时候，声音就是这样高亢、优美、圆润。为了保持崇高的颂歌艺术，他们被选拔出来，送去做了阉割手术。你听，他们的声音可以毫不费力，跨四个八度自由游动，他们可以一口气唱两百五十个音符，他们可以将一个音符拖一分钟之久。被阉割过的，才能发出最有影响力的声音，他们是王国最纯洁的子民。"国王郑重其事地说道。

莎菲慢慢地点点头，又摇摇头："但是，我没有那样的天赋。"

"你不可以利用阉割这个技巧，就像我也从未使用过它。不过，只要在你的意志里种下这两个字，它就会保护你，引导你。你不会再多管闲事，因为你要那样做了，你就会从那一刻起增加很多独立的思想。它们是那样嘈杂，只会给你的写作增加负担。你只需要记住'意志阉割'这个词，不要让任何其他事物分心。千万记住，莎菲！"

"意志阉割！"莎菲敬畏地重复着这个词，"我将尊重您教导的一切。"

G 金色的向日葵村

篝火熄灭的时候，太阳已经在天空出现。国王将双手放在莎菲肩膀上，问她想做什么。她回答，想周游整个太阳王国。"我决定去寻求，王国光辉的力量。在那之前，我没法生动地写出您需要的故事。"

国王同意了她的请求。他让人送来一匹马，还派来一个年轻的饲养员。

"我应该往什么方向走呢？"她问。

"先去向日葵村吧，"国王回答道，"那里种了许许多多向日葵，它是我们的国花。听说每一个爱向日葵的人，对待同志都能像春天般温暖，因为他们心底住着太阳。"

跳上马背后莎菲才发现，她的坐骑有条腿跛了。"这样它就不会跑得很快很快，您将有足够的时间，看清一切细节。"饲养员是一个年轻的男孩，他大踏步走在莎菲一侧。

"你不骑马？"莎菲惊讶地问道。

饲养员点点头，轻轻拍了拍马脖子："衣分三色，食分五等；有人骑马，有人走路。在太阳王国，骑马是身份和权力的象征，是高级干部的权利。听说这次来王国的，只有您能骑马。"

很快，莎菲就看见了一片灿烂的金黄，仿佛一汪金色的壮阔海洋。在这片金色海洋里，满是各种各样枝干粗壮、花盘宽大的向日葵。有的花瓣有一轮红色，看起来更像火红色的太阳。有的花心是绿色的。还有的特别巨大，花朵直径超过了二十公分。而且，这里的向日葵会发出美丽的声音，就像一曲柔和的催眠曲，那声音在念着：

> 对老百姓要谦和并随时加以帮助；归还一切借用的物品；赔偿一切损坏的物件；和农民以诚相待；购买一切物品须付钱；讲卫生，尤其是要在距离人家很远的地方设立厕所……

声音有远有近，有高有低，优美动听，不间断地重复着，莎菲被这种声音迷住了。

"正确的思想就这样进入了每个人的意识之中！"

"是啊，就连很多外乡人经过这里时，也会坐下来倾听，他们说，没有任何音乐可以与这种声音相比。他们会忘记自己原本的目的地，忘记一切，留在这里。"饲养员告诉她，"而且，一边听着这样的声音一边工作，效率也会得到提高。"

莎菲想起来，小时候，母亲严格禁止她打开收音机，半听不听不加思考地听广播。母亲总是训她："要是想听，你就坐下来注意听，想想听到的话。要是你不仔细听，那些乱七八糟的事就都留在你脑袋里，你连重复一遍都不能，但却能相信它。"为了听而听，才是真正的浪费时间呢！莎菲真想让母亲看看，这里是怎么做的。现在，她对她那种专横很气愤。

"那么，住在这里的人会做些什么呢?"

"他们会通过向日葵接收并收集太阳的光，再用阳光制造出精美的装饰品，比如国王的像章。"

一路上，他们碰到好几群向日葵村的村民，他们无论高矮，全都四肢着地，手脚并用，慢慢地一步一步向前走着，看起来就像一群温顺的羊儿。

"人类好不容易进化到直立行走，他们为什么要'返祖'?"

领头的一个特别高、特别壮的男人听见了莎菲的话，他离开人群，向她慢慢爬来。

"向日葵村最新的科学研究表明，四肢爬行时，血液比直立行走的人更流畅，而且很少患病。这个姿势也有助于我们准确无误地捕捉阳光进入向日葵的角度。此外，它还能让我们变得谦虚，变得愉愉快快高高兴兴顺从大地，这样，我们就跟大地在一起了。听话的羔羊再也不会去暴乱，去相互仇杀灭绝，你会看到，我们这儿所有的人都很幸福。"

很快，劳动的时间过去了，村民们集中到村里的广场上，他们有的学着大老虎走路的样子，有的模仿熊，有的四肢时而着地、时而腾空地奔跑起来，像猎豹一样。村民们告诉莎菲，村里跑得最快的，一百米只需要 16 秒左右。"每当有一匹马跑过，他就会和马比速度。"

"这里的生活，真像孩子们的游戏一样，这种爬行，才是最最天真无邪的舞蹈。"莎菲赶忙掏出铅笔和纸，匆匆忙忙记下了这一感受。她重新骑上马，穿过向日葵村。

越往村外走，向日葵越少，渐渐地，金色被一种凝固的浅灰色雾霭代替。

H 讲不完的演讲

雾很大。莎菲觉得有点冷，便把外套裹得紧紧的。他们沿着最宽的那条路走下去。没多久，听到前面传来嚓嚓的脚步声，那声音整齐划一。莎菲抓紧缰绳，使劲夹住马肚子，催马快跑起来。一旁的饲养员也跟着小跑起来。他们离脚步声越来越近了。终于，雾中出现了人群的身影。他们排成长长的一列，望不到头。年老的弯腰驼背，但是更多的是年轻人，有的长得好看些，有的长得很丑。她发现，他们每一个都面如死灰，没有表情的脸上，一双双眼睛都像一颗颗小雾团一样。盯着这样的眼睛看上一会儿，谁都会觉得浑身无力。

"你们这是去干什么？"她问道。

"我们是去听讲不完的演讲。"其中一个走起路来一跛一拐的中年男人回答道。

"他们习惯了每天晚上去听演讲，白天听不到演讲，他们就会很难过。"饲养员补充说。

"对！对！"男人喊了起来，"我们会束手无策，只有听演讲能给我们某种保护，我们对自己所做的一切也就更有信心了。这样，再也不需要靠自己的力量忍受辛苦、饥饿、恐惧和孤独。演讲就像神秘的指南针，引导着我们的意志向着正确的方向。"

于是，莎菲也跟上了这支队伍向前走去。路面凹凸不平，跛脚马跌跌撞撞地走着，终于他们走出了浓雾，前面出现了一个巨大的广场。一百多架高射探照灯，围住整个广场。光柱的轮廓极为鲜明，一根光柱和另一根光柱的距离为十几米，光效达到好几公里的高度，在高空汇成一个闪光发亮的穹顶，就像搭起了一个硕大无朋的大厅，一根根光柱看起来就像是顺着无限高大的外墙排列起来的巨大圆柱。偶尔透过这庞大的光环，飘来一朵朵云彩。这神奇变幻的，又有些超现实的海市蜃楼般气氛，甚至有了点神秘的意味。这可着实超出了莎菲的想象力。

在广场正中央的位置，搭了一个高大漆黑的讲台。讲台四周燃烧着高大的香烛，散发出一种浓浓的花香。这时候，人们已经在广场上散开了，他们有的站着，有的蹲着，有的摇摇晃晃，有的一动不动，但他们都抬起头，眼睛看向讲台，莎菲也顺着他们的目光向讲台望去。讲台后面，竖着几千面红色的旗子，强大的聚光灯从下面照射着这些旗子，照得旗子上的金太阳闪闪发光。

这时一个穿着灰衣服的人登上讲台。这个人没有什么特别的地方，但他一开口，莎菲就被吸引住了。他的声音像钟声一样洪亮，在广场上方回响着："同志们！今天我们要讲讲太阳王国的宏伟……世界上最有名的国家就是太阳王国，没有一个国家像它一样，有那么多的故事……"他用那些最最朴质无华的词语，不知疲倦地喊叫着。

"为了太阳王国能在太阳底下占有比以前更伟大的地位，为了能在天国一般的太阳王国得到永生，仅仅读国王的红宝书是不够的，仅仅到这里来听演讲，哪怕天天如此，也是不够的。你们应该怀着对国王忠诚的爱，去做圣书上命令你们去做的每一件事情。是太阳王国支撑着世界，只有国王才能使你们得救。请你们喊：'国王万岁！国王万岁！'"

所有人都开始高呼："国王万岁！国王万岁！"

"好。再来一遍！"

"国王万岁！国王万岁！"

"但愿你们始终保持对国王的爱！"

所有人都动作一致地举起手臂挥舞着，用充满激情的声音狂叫着："国王万寿无疆！"那些雾团一样的眼睛里闪起了火光。就连莎菲自己都觉得，她已经成为这个爱听演讲的团体中的一员了。

接下来，又有一位演讲者上台。令莎菲感到惊讶的是，这个人同样穿着灰衣服，有着同样像钟声一样悠扬的嗓音，他将刚才那位演讲者讲过的内容全部重复了一遍。她忍不住咕哝道："他这是在干什么？"

"一点一滴，这种演讲技巧叫作一点一滴。"一个很老很老的老太婆用低沉的声音回答她，"什么事情都不是轻而易举的，这是为了拆掉大家的旧毛衣。要拆掉旧毛衣，得先改变大家意识里对毛衣的观点，比如那些旧图案，过去看是美的，现在看是丑的。只有这样才能拆了旧毛衣，只有这样才能织件新毛衣，否则你哪来的毛线呢？要织的新毛衣会很大很大，得罩得住每一个人，所以需要大家完全一致，同时一起织。事情就是这样简单，却又不那么简单，明白吗？"

莎菲点点头。

"你瞧，我老了，我太老了，我活得够长的了，我看过太多的旧毛衣了，谁要是像我一样活这么久，谁的这里就会像我的一样顽固，"老太婆吭哧吭哧喘了一会儿气，指了指自己的脑袋，"我要拆的旧毛衣可比你要拆的多多了，我要听的演讲也比你要听的多多了。当你像我一样老的时候，你就会知道，拆旧毛衣……"

这时，台上的演讲者开始再次朗诵起太阳王国的国歌《南湖小船的灯光》。老太婆的头颈慢慢地伸长了，她周围的人们也都伸长了脖颈。一根根脖颈在莎菲的眼前变粗、变长，有的非常光滑，有的布满皱褶。从那些脖颈里，发出了巨大的声响：

"湖上静静浮小船，小船长夜亮灯光。灯光四射燃烈火，烈火聚合成太阳。太阳原本是烈火，烈火之源出灯光。灯光依旧在小船，小船静静浮湖上……"几千人一起高声朗诵一首循环诗，是那样地令人难以置信，也是那样地难以描述。莎菲想起自己过去曾经参加过的一次最红火热闹的诗歌大会，那也只有几个人随声应和。在太阳王国之外，哪里还会发生这样激动人心的时刻？

演讲者下台后，同样被大家高高举过头顶。然后是第三位、第四位，看来，讲不完的演讲的本质就是坚持不断地重复。

当然，莎菲没忘记写下自己的感受："这里笼罩着一种欢快的气氛。那些简简单单的演讲有一种神秘的力量，它们像披在身上的一件温暖而又厚重的大衣，我都有点迷迷糊糊了……我的头脑不再产生任何反应，再也不必对任何事情进行独立思考了……"

I 会飞的语言

莎菲幸福地微笑着重新骑上马，月光明亮，四周一片静寂，只听见饲养员和跛脚马走路的声音。那些演讲的力量似乎还会持续好一段时间。她有一点儿不知道自己是谁了，这个感觉可真有点奇怪，可是一点儿也不难受。

她闭上眼，懒洋洋地任马往前走着，也不知道走了多久。渐渐地，身子越来越向后仰，四周不断传来小石头骨碌碌滚落的声音。她睁开眼，眼前是一座山，跛脚马已经走在上山的路上。

"这叫知识山，它是太阳王国里最高大的山峰。"月光下，峰顶看起来，似乎已经没入云层，"只有最最聪明的知识分子、最著名的科学家和思想家，才会被送到这里居住。"

"他们住在这里干什么呢？"

"他们从事的是最伟大的事业——创造新语言。当然，是有计划地创造，就像在实验室里一样。有了他们，我们就不再需要上帝了。"

在离他们几步开外、高高的岩石壁上出现了一个小洞口，既像一扇门又像一扇窗，一点朦胧的灯光从洞里射出来。莎菲跳下马，向洞口走去。正在这时，那洞口里出现了一个小老头，惊奇地看着莎菲。

"我要上来看您！"

一条长长的梯子从那洞口里伸出来，梯子很长很长，莎菲抓住梯子的时候，看到这梯子是用排列在一起的汉字连接起来的，每一道横木都是一行字。她攀住梯子，一边攀登，一边念着上面的字：人民群众/阶级敌人/不破不立/巨大成就/伟大胜利/举国一致/万众一心/誓死捍卫/攻击敌人/效忠领袖/热爱祖国/表扬先进/检讨错误/砸烂狗头……

那些词语是那样新鲜，莎菲越读越觉得精神抖擞，浑身是劲儿，她发现自己已经爬了好一会儿，却连一口气都没喘。梯子越往上，洞口就越亮堂。忽然，眼前豁然出现一个宽阔的穹顶，炉火熊熊，亮得刺眼。莎菲小心翼翼地走了进去，看见一个很大的熔炉。炉门敞开着，火焰在炉膛里发出噼里啪啦的声响。地上立着许许多多排架子，有的摆满了大大小小的坩埚，有的堆满了奇形怪状的罐子，还有一个架子上摞着各种各样的线装书。

直到听见一声轻轻的咳嗽，莎菲才注意到炉子旁边的椅子上坐着一个小老头。他头戴一顶纸糊的锥形高帽子，看上去如同一个扣在头上的大烟囱。面孔上布满了皱纹，表情显得很严肃，一副忧心忡忡的样子。在他腿上摊开着一本很大的书，他正咔咔咔地撕着。过了一会儿，里面又走出一个小老头，胸前挂了一块大牌子。牌子也许太沉了，他走起路来摇摇晃晃的，他哼哼着举起一根树枝，搅了搅火上正烧着的一只大坩埚。

"小姑娘，你挡住光了，这会影响他烧书的。"

"烧书做什么？"莎菲挪开了一点儿，往墙角站了站。

"话语就是权力啊。旧的不去，新的不来，这样才能配出新的词语，外面王国里的年轻人急需要用呢。"说着，他把一个罐子里的东西掰碎扔进坩埚，"这些都是老尺老秤，整个王国已经里里外外彻底找了一遍，全在这里啦。我的下一个目标是，制定新的度量衡。这主意听起来不坏吧？"

"度量衡？"莎菲问道，她觉得这个词儿很陌生。

大牌子老头骄傲地点点头："就是数量、数字，要是没有度量衡，这个世界就太神秘，不受控制了。每一代太阳王朝，都要为臣民们建立起新的世界观，我就负责制定新的度量衡。你为什么是存在的？因为你有空间和时间，但这是我给你划定的。数字语言可是最精确的语言……"

这时，高帽子老头也起身走了过来，"好一个明亮的月夜！"他扶了扶他那顶下大上尖，足有一米高的帽子喊道，"今天可以看见它们了。"

"看见什么？"莎菲问。

高帽子老头不耐烦地看了她一眼，大摇大摆地向炉子走去。他轻轻地转动炉旁的几个小孔，调整了一下，然后满意地点点头。炉门被关上了。整个穹顶之下，顿时陷入了黑暗。莎菲一动不动站在那里，等待着意想不到的事情发生。

但是，过了很久很久，什么事也没有发生。

"您要给我看什么？"她对着黑暗轻轻地问道。

渐渐地，她看见黑暗中有一点微弱的红光，那红光仿佛来自宇宙的另一端，来自非常遥远、非常黑暗的地方。红光在半空中飘来飘去，越来越亮，一个个词语，一行行句子，慢慢呈现出来。

　　无限热爱、无限敬仰、无限崇拜、无限忠诚！
　　打翻在地，再踏上一只脚，让他永世不得翻身！
　　与天斗，其乐无穷；与地斗，其乐无穷；与人斗，
其乐无穷！

做一个齿轮与螺丝钉。

公家的事再小也是大事，个人的事再大也是小事。

…………

"这些都是您发明的新语言？"莎菲目不转睛地看着那些字。

高帽子老头的面孔被那些字的光照得红光满面："它们是萌芽，是种子，你想象不到它们的神奇威力，它们就是整个太阳王国。来吧，读出声来！"

莎菲一个字一个字念着。

"词语的最初功能是暗示。就是说，不是通过理性，而是通过情感去诱导，使人服从。只有人们反复使用，它们才有新的生命。现在，它们就在人们口中。每个人都在读，每个人都在听，这里的每一句话，都已经和我们在一起了。"

果然，莎菲听见了洞口以下饲养员那深沉的声音，听见了跛脚马发出的一声声长长的嘶鸣，然后，漫山遍野，像响过滚滚雷声般，响起了那些句子，好像她自己正念着的那些话的回声。

"你已经属于这些语言了，因为这也是你的语言。欢迎你，真正加入到我们当中！"

就在那个刹那，莎菲脸上的颜色变了，原先白皙的肤色，也变得像那些红色的字一样，红彤彤的。

越来越多的字句扑出洞口，以至于莎菲的衣角跟着哗啦啦地翻动起来，它们密密麻麻，扑面而来，使她几乎喘不过气来。那些字句有着一种难以形容的力量，它们流遍莎菲全身，使她感到醉酒般晕陶陶的，她发现自己的身体越来越轻，仿佛失去了所有重量。字句裹挟着她飞出了洞口。"再见！"她喊道。她看见高帽子老人弯下腰，帽子遮住了他的面孔，看不见了。

J 网格魔法学校

重新回到马背上的莎菲，心情是那样欢快、轻松，原本坚实、硌得屁股生疼的马鞍子也变得像天鹅绒一样柔软、温暖了。这真是一种奇妙的、从未有过的感觉。以前莎菲总是坐在书桌前，那些让她感到沉重和压抑的词语、句子，现在都远远地离她而去了。

"掌握新的语言，是一种解放，一种自由。"她不由自主地写下了这句话。

"接下来，我们奔向哪里？"她问道。

"太阳王国的指南针指向哪里，我们就奔向哪里。"饲养员用铿锵有力的声音回答了她，"来，伸出你的手。"

莎菲伸出手，感觉到他把一个本本放在自己的手心里。那个东西很小，但却冷冰冰、沉甸甸的。她低头一看，是个100开的袖珍本，红色塑料皮，里面有国王的头像。

"这是什么？"

"国王的语录，"饲养员回答道，"活学活用它，你心里就有了指南针，现在我把它送给你了。"

"谢谢。"莎菲说道，但她觉得很奇怪。她不知道这样一个红本本有什么用。就在这时候，她突然感到右腿一阵发麻，她忍不住踢了踢右腿，跛脚马于是迈开了步子，向左前方走去。

"很好！"她听见饲养员说道，"你瞧，对你来说，学会这些很容易。"

现在，她手心里的那个红本本变得越来越亮了，他们一起看着这个奇迹，两张脸在闪闪的金光中互相映照着。

不知过了多久，跛脚马停下了脚步。这期间，太阳已经再一次升起来了，阳光照在一面篱笆墙上，墙很高很高。莎菲惊讶地发现，这面树枝编成的墙仍在不断地向上生长。她跳下马，一边向它走去，一边感到，它高得仿佛快要碰到太阳了。而且，随着她一步步靠近，这面墙似乎在发生着变化。似乎不再专注向上了，而是转向——俯视着她。被那样一种不可捉摸的力量盯着看，莎菲突然觉得自己变得非常渺小，仿佛随时都会自行消失似的。

她呆呆地站在那里，就在她感到那股捉摸不透的力量已经把自己压倒在地、压碎的时候，突然，自己好像得到了更新，重组成了另一个自己。与此同时，那面比一切墙都大的墙，消失了。消失得那样干干净净。

"这个地方叫网格魔法学校，太阳王国里的每个孩子，到了法定入学年龄，都会被送进这里学习。它的内部有无数隔间，一个孩子一个房间，就待在那个房间里学习，要是学不完，就得一直待下去，直到你弄清自己要掌握的知识为止。这个过程，有时候要持续很久。"

"他们能去其他房间玩吗？"

"必须待在自己房间里学习。"

莎菲想了想，说道："奇怪，孩子们不好奇吗，别人在学什么？"

饲养员睁大眼睛看着她："只有那样，才能无论学什么都学得很好。否则学了一样又学另一样，一样也没有真正学会。"

这时，他们面前出现了第一扇门。那扇门又小又矮，看起来普普通通的，门紧紧关着。门上既没有门铃，也没有把手，更没有钥匙孔。莎菲忍不住伸出手，推了推，就在这时，门开了一条缝。她把头伸进去，看见了一个孩子。那是一个脸色苍白的小姑娘，正坐在一把小椅子上看一本书，她看起来神情有些忧伤。

"红小兵，你在学什么？"饲养员跟着探进头来，问道。

"我在学马的生物学知识。"

他们把头缩回来，这时，就在他们身旁，出现了一条长廊，两边排列着数不清的小门，它们都和第一扇门一样小，一样矮。他们走在长廊上，长廊一片静寂，莎菲惊异地左顾右盼。她随意地推开某些门，每扇门后都有一个孩子。

"我在观察一匹马厩里的真马。"

"我在雕塑一匹马。"

"我在画一匹马。"

"我在听写一匹马。"

"我在写作文，赞颂一匹马。"

…………

他们登上宽阔的台阶，来到一个大平台，穿过又一条长廊，这一层的门稍微大一些，门后的孩子，年龄也更大一些。

"我在观察土豆的生命力指数。"

"我的下一个目标是，出版一部关于土豆的大部头研究著作。题目是：土豆的发展史。"

"我在研究土豆的做法，我已经里里外外彻底研究了所有品种土豆的口感。我将成为土豆口感问题的专业人才。"

"专业?"莎菲问道，她觉得这个词儿很陌生。

一旁的饲养员点点头，骄傲地眨眨眼睛："这个词儿是从我们的邻国——白桦树王国引进的，你一听它就知道，它是那么精细、有计划、有效率。"

就在这时，远处传来一阵悠扬的歌声，歌声很悦耳，像儿童的声音一样纯净。莎菲停下脚步，倾听起来。那歌声越来越近了，莎菲听得很清楚：

　　专业分割细又细
　　按照专业来招生

按照专业给工作

人才培养不浪费

失去个性劳动力

循规蹈矩好国民

莎菲忍不住跟着那声音转来转去，转上了第三层长廊。看起来，这一层的学生研究的主要是煤炭。

"喂，你是谁？你在哪里？我怎么看不见你？"她问道。

那歌声又唱道：

网格魔法学校

给你窄窄知识

培养现成专家

培养生产主体

计划社会急需

要想报名找我

"您是校长？"

那声音立即回答道：

我就是校长

校长就是我

然后，那声音又从另一个方面传来，唱道：

高度计划

高度控制

统一招生

统一分配

集中人力

集中物力

提高效率

熟练技巧

那声音一会儿高，一会儿低，余音缭绕，又带着莎菲走上了第四层。她忍不住追着声音问道："您是说，您是精选了必要的知识内容，再把所有孩子分别放进相应的格子里？"

那声音哈哈笑了笑，在她耳旁轻轻说道：

系统的

抽象的

最危险

莎菲紧紧地跟着那个声音，上了一层又一层长廊，在最高那一层，她见到的全是和她差不多大的年轻人。果然，他们个个都在努力学习，他们已经不知道自己是谁，叫什么名字，也不记得自己是怎么来到这里，他们只知道，自己是要来做一颗受过教育、专厓的螺丝钉。

莎菲想，自己读书时，都学些什么呢？学那些有名的作家的作品，它们讲述的是永恒的人的话题，七情六欲在那里沸腾，心理和社会冲突在那里展开，生活的悲剧和矛盾在那里上演。那些玩意儿让她做了好一段时间的白日梦，发了好一段时间的呆，真的很浪费时间和生命呢！

她恍然大悟，掏出铅笔和纸："人的生命是有限的，没必要把有限的生命，投入到无限的获得完整、系统的知识中去。"

然后，莎菲就什么也听不到了。

与此同时，所有的台阶、平台、长廊……都已消失，房间没有了，就连之前见过的那些学生，也没有了。只剩下她、饲养员和那匹跛脚马。

K 金牌第一村的运动会

"咦，他们都去了哪里？"莎菲看着眼前一片柔软细腻的沙地问道，"我们到底是在哪儿？"

"我们应该已经离开魔法学校，到了金牌第一村了。"

"这么美丽的名字……"

"住在这里的人，可都是我们太阳王国的英雄。你知道，每四年，世界上会举办一次奥运会，他们代表太阳王国，拿下最多的金牌。"

这使莎菲感到惊奇和感动。

就在这时，她看到远处有什么开始闪光发亮了，先是一丁点儿星星之火，在太阳底下发出的光芒微弱得几乎难以觉察。接着越来越亮，一捧火苗被高高燃起了。

"你运气真好，瞧，"饲养员大声喊道，"他们点燃了火炬，选拔奥运选手的运动会就要开始啦!"

火炬开始在空中飘浮，同时它的肚子飞快地长着，就像一只气球，越来越大，然后，突然炸开了，像莎菲小时候放过的烟花一样，向四周喷射出新的火种，犹如下了一场闪光发亮的火花雨。火种落在沙地上，浅黄色的沙立刻厚了足有四十厘米，中间还升起了一道球网。火种落在叶子上，变成了无数羽毛球轻轻落下。火种落在茎秆上，变成了一根根跳高用的撑竿。火种落在大大小小的花蕾上，变成了足球、篮球、排球、网球、乒乓球……没过多久，莎菲和饲养员周围，前后左右，四面八方，长满了各种各样的体育器材。莎菲惊奇地望着这奇异的景象。

人也越来越多了，有的高，有的矮，有的胖，有的瘦，他们不知疲倦地跑来跑去，跳来跳去。有一个男孩，莎菲简直像着了魔似的望着他，他是如此瘦小，却在一根单杠上连飞了四空翻外加另外两个六空翻。她忍不住大声鼓起掌来。

"我们太阳王国有一套完美的运动员培养选拔机制。这是我们从白桦树王国那儿学来的，听说白桦树王国是从 SS 王国那儿学来的。像这个小孩，应该是在五六岁就被挑中，送到太阳体校开始接受训练的。在那里，他只需要全力锻炼这一项就可以，不需要像魔法学校的学生那样，学习专业知识和文化课程。如果参加比赛，能达到健将级、一级、二级的标准，就可以从王国支取工资。"

男孩这时已经像钉子一样稳稳落在地上了。莎菲弯下腰，采集了一束鲜花送给他，看起来，他还完全沉淀在自己的体操世界里。

"你今年几岁了？"莎菲悄悄地问道。

他昂起头，望着一旁的高低杠大声喊道："14！"

饲养员看了看他胸前的牌子，"他今年 16 岁。这几年可能他太忙，有太多比赛要参加，都没有人告诉他新的年龄。"

这时，莎菲又注意到了一个女孩子，她的身体修长，非常漂亮，最美的是握竿的那条胳膊，显得异乎寻常的有力。助跑、起跳、身体上摆、过竿，所有动作一气呵成，对她来说，跳过五米高的杆子就像挥一挥手一样，根本不费什么力气。几十名歌唱演员开始在她身边聚拢，唱起了赞歌。

围观的人越来越多，莎菲完全被欢呼声笼罩了。在她左边，是一个衣服上打满补丁看起来很穷苦的老头，在她右边，是一个衣服上镶满金片看起来很华丽的贵妇。他们全都被比赛吸引住了，好几次，主动拉起莎菲的左右手一起鼓起掌来。

"体育运动能把所有人连接在一起，最最不同的人也能手拉手一起看比赛。"莎菲惊喜地记下这一心得。

所有的比赛都非常好看，她边走边看，与此同时，她感到一种奇妙的力量在体内流动起来。她觉得太阳王国更美好，更不同寻常了。她因此而感到极大的满足，要是自己也能变得更强壮，那该多好啊。

"我真希望所有太阳王国的国民都能像我一样，看到这样一个充满希望的未来。"

饲养员微笑了："当然，世界上所有人都能看到这一切，这也是向世界说明太阳王国的优越性啊。"

"他们要是能看到这些，一定都会惊得目瞪口呆吧。"

"你只需要高傲地扬起头，根本不用理睬他们。"

突然，莎菲听见一阵尖厉的嘘声。原先坐在地上看的一些人全都站立起来。嘘声持久而响亮，很多人随手摘下头顶的果子向一个地方愤怒地砸去，头顶没有果子的，就不停地挥舞手势，嘴里还不停地喊着"滚出我们金牌第一村"。

莎菲立刻骑到马上，在高处，她看得清清楚楚，原来就是刚才的体操男孩，他在一次落地时犯了一个错误，往前跨了一大步，观众们不答应了。很快他又参加了一次吊环比赛，这一次，也许他想把动作完成得更圆满、漂亮些，于是他在下环时用力推了一下，结果把脚挂在环上，失手摔了下来。大家先是鸦雀无声，随后，抗议使得比赛无法进行下去，人们一拥而上，把他拖出了比赛场地。

"他们会把他怎样？"

"他得马上退役，搬出金牌村，自己另外去找个工作干。"

即使隔了好一段距离，莎菲也能看到，男孩的脸渐渐变得苍白了。

"天，"莎菲自言自语地说道，"我还以为这儿只有快乐呢！"

"他可以继续在自己家里练习，可以随心所欲，想到哪里去就到哪里去。太阳王国太大了，有的是地方去。他还可以自己挣基本生活费，自己造房子住……"

"可是，没有了鲜花、掌声、鲜艳的红旗，那样活下去又有什么意思呢？"

正这样想着，忽然，她感到跛脚马猛烈地震动了一下，它嘶叫了一声，前肢一软，一下趴到了地上，脖子伸向地面，痛苦地喘息起来。莎菲也被摔了下来。

饲养员赶紧蹲下身，贴在它的耳旁，低声说着"别紧张，别紧张"。那柔和的声音，听起来像是在祈祷。

"我还没向你介绍过它呢，它可是纯种赛马，它参加过的所有比赛都赢了，就在几个月前，它的原主人还一直在训练它要跑赢所有对手。后来是因为应力性骨折，也是在这里，输了一场比赛而退役。"

几分钟后，跛脚马重新站起，莎菲尽量小心地坐了上去。马走了起来，起初慢悠悠的，接着越走越快，它匆匆地跑过一片又一片树林，拼命向前。没能看完所有比赛，莎菲不禁感到有点惋惜。

L "揭下他们的假面具"

马停下了脚步，现在莎菲置身于一片开阔的林中空地上，她跳下马，打算原地转转，好等饲养员赶上来。她往前走了几步，就看见远远有几个人躺在一片稀疏的草地上。跛脚马已经低下头，开始拣那些幼嫩的草叶咀嚼了起来。走到近处，她才发现他们是几个年轻人，有男的有女的，其中有一个女孩，正用长长的指甲将一块大树皮撕成一条一条的。莎菲走上前去，那几位看见她走来，也没站起来，只是上下打量着她，看起来，似乎并不欢迎。

"我是莎菲，"莎菲主动说道，"我才来太阳王国没几天，国王让我为他编些新的歌词和故事，为此我正在周游王国。请问，这里是什么地方？"

"我们是年轻的勇士，他们都是我的朋友。"回答的这个男孩身材特别高大，"这么说你一定是来自遥远的其他地方了，对吗？"

"是的，从很远的地方来。"

"到了这里，谁都不能相信。"撕树皮的那个女孩突然跳了起来，拉了拉男孩的手。

"为什么不能相信任何人？"莎菲疑惑地看着他们。

"因为这里是面具村，不开完'揭假面'大会，谁也不知道谁是谁。"那个年轻的勇士大声说，"现在请你走开。"

好在饲养员这时赶到了，他拉着莎菲走到了草地的另一边。莎菲这才知道，穿过这片林子，附近有一个看起来很美丽的村子，叫面具村，那里每年会进行一场"揭假面"大比武，远近四面八方，最勇敢的年轻男孩，指甲最长的女孩，最彪悍的中年妇女，还有各种爱打架的小混混，正聚集而来，准备参加这次大会。最后的胜利者将应邀去国王的宫殿，和国王一起吃一次午饭。每一年的"揭假面"大会，只能由刚出生的婴儿主持——在面具村，只有刚出生的婴儿才不会受到怀疑。

莎菲听着，忍不住揪了揪自己的面皮，那里并没有多出一张面具来。饲养员微笑着对她说道："显然你和我一样，还是可以相信的。"

"什么样的人会戴上面具过日子呢？"她决定亲眼去看看那些戴了假面具的人。

"无论如何，他们本来都是和你我一样的普通人。据说，能戴上假面具被捧上高位的，都是国王亲自指定的。国王亲自做出决定，旁人决不允许染指。他们完全听他的支配，而且往往就是过去的英雄。游戏规则就是，使一些人获得假面具，他们得像保护眼睛一样保护自己的身份。然后会有人试图揭掉那些面具，将他们打倒，比武就结束啦。如果不幸被揭去假面具，他们就失去了现在拥有的一切。在我们太阳王国，连三岁小孩都知道，只有国王是不会变，任何时候都不可能戴上假面具的。"

那些年轻的勇士们已经出发了。莎菲也重新骑上马，匆匆地向前赶去。饲养员走在她身旁，继续向她介绍道："你知道谁最容易得胜吗？"

"那些最强有力的呗，或者更敏捷更灵活的？要不就是，那些有韧性、能持久的？"

"是那些知道他们是谁的。"

"那些人怎么知道？"

"戴上假面具的人也会结婚，也会生孩子，他们的亲人肯定会感觉到的，再小的小孩子也会有所察觉。可惜他们不肯单身一辈子……"

"为什么他们的亲人不愿意替他们保密？"

"把自己知道的秘密说出去，在太阳王国，是一种美德。你也会愿意这样的。"

面具村就在林子边上不远，他们进村之后，莎菲发现，整个村子上空，浮动着暗红色的气团，她只抬头看了几秒钟，就感觉心悸动了一下。面具村里的屋子有大小两种尺寸，大的屋门上刷着红漆，小的屋门上刷着黑漆。

"被揭去假面具的人，就只能住在黑屋子里。黑屋子本来是村民们用来养猪养羊养马养牛的。"

莎菲跳下马，走进一扇黑色的门里看了看。

整个房间笼罩在一片灰白的浓雾中，根本看不清屋里的情况，一个庞然大物向莎菲爬来，她往后退了一步，一时没分清那是个人还是个动物。屋里的空气也不太好，呼吸了几口就感觉呛了嗓子。直到红色的灯被打开，房间里充满红色的光，莎菲这才看清，面前匍匐着的，是个中年男人。墙上挂满了国王的头像，四周画满了太阳和向日葵。屋子里却既狭窄，又破烂不堪，屋顶上的屋梁，有几根已经朽坏了，能看到空中暗红色的气团一角。

莎菲退出来，转身走开了，男人在她身后嘟嘟囔囔："我曾经是一个将军，大将军……"

她有点不知所措。走了一会儿，看见一扇红色的屋门，屋门前种着一棵大树，树上几只小鸟正在叽叽喳喳大声唱着歌，莎菲的心情不由得轻松起来。屋子里很宽敞，金光灿灿的，一个美丽的女子正在明亮的厨房里做着什么点心。离她不远，立着几个小孩子，每个小孩子手上都拿着一个红红的大苹果。餐桌上铺着雪白的钩花布，上面摆着各种各样香喷喷的食物。看见她走进去，女子彬彬有礼地迎了上来，向她表示欢迎。莎菲注意到，女子很年轻，一头乌黑的长发披在肩膀上。

"我是将军夫人，"她说道，"这些是我们的孩子。请问您是……"

"我叫莎菲。"

"您也是来这里参加'揭假面'大比武的吗？"她探询地问道。

“我不是，我只是路过这里，随便看看。”

女子露出如释重负的表情：“我们正打算吃午饭，欢迎您和我们一起。”

莎菲道了谢，又把等在门外牵着马的饲养员带进来介绍给女子，然后便应邀坐下，吃了起来。吃到一半时将军回来了，他穿着红色毛线和金线织的衣服，头发已经有点灰白，身材高大，看起来仪表堂堂。但他只对他们点了点头，什么也没吃，就走开了。

吃完出门他们才发现，整个面具村已经被四面八方前来比武的人占满了，显得热闹非凡。他们有的强壮极了，把袖子管高高卷起，露出强壮的肱二头肌。有的看起来很粗鲁，还板着脸。还有一些人，痞里痞气的，靠在树下抽着烟，烟从嘴里、鼻孔里不断地冒出来，军挎包也不斜背，就吊在脖子上。不过更多的是些手舞足蹈、眉飞色舞的年轻人。

莎菲他们顺着人流，很快来到了村子的中心，比武就要在这儿进行，准备工作已经就绪。比武场设在村子里唯一一所学校的大操场上，学校没有围墙，穿过周围的庄稼地，可以从任何一个方向进入校园。操场是用炉渣铺的，标准四百米的跑道围着它，周围有些杨树，中间有些草皮。在操场的一边有个水泥砌的台子，台子有十几米长，十几米宽，两米多高。操场上最多的是红旗，饲养员看了看，告诉莎菲，一个这样的操场，最多可以聚集十万人。而从红旗上的字可以看出，从太阳王国各地来到面具村的人可真不少。

天上的云团更红了，也没有风。操场上的人们躁动不安，想参加比武的勇士们足有好几百人，他们全都登上了台子，摩拳擦掌，跃跃欲试，准备大显身手。台子四周簇拥着许多观众，他们为勇士们大声喝彩。有些孩子甚至爬到了树上。

这时，从操场台子前竖立的杆子上绑着的大喇叭里，传出了一个婴儿哇哇的哭声。

"比武开始啦!"饲养员兴奋地冲莎菲喊道。

实际上，这次比武不是莎菲以为的那种一对一的真正的战斗。原来，每年的这一天，面具村里，住在红色屋门里的人需要排队从勇士们的面前飞快地经过。跑得慢的，就会被勇士们拦截下来。为了最先去揪那人的脸，勇士们之间需要竞争，他们的身体斗在一处，简直难分难解。一会儿这个压到另一群人上边，一会儿那个又被滚到了最底下。虽然如此，还是有人眼疾手快，率先用指甲划破那人的脸皮，看看是否能完整地揭下一张面具来。莎菲惊讶的是，揭面具的人真是百发百中，不管用什么方式，总不会空手下台。

没能抢到揭面具机会的勇士，不得不相继离开。被揭了面具的人，被观众们架着，候在台边，脖子上挂上白色的大牌子，牌子上用黑字写着他们的名字，名字当然是打了红叉的。

　　起初，莎菲对这一场面不太感兴趣，但当她发现刚才见过的那位器宇轩昂的将军也被拦截下来时，她开始使劲往前钻。莎菲的个子不算太大，三钻两钻就钻到了高台的前面，从人群中望去，台上将军的脸可以看得很清楚。他的衣服已经被撕破了，几个勇士个个身材比他高，比他粗壮，他们正抢着抓住他，把他的身体折成九十度，让他两腿绷直，双臂平伸，看起来就像一架飞机。他的脸俯视着台下，莎菲发现，即使他被人抓着脖子，被命令抬起头，让下面的人看看他的脸时，他的脸上也没有一丝表情，还闭上了眼睛。莎菲有点失望，按她的想象，一个将军，一定能一个人打过好多人，一定得有好几个勇士把他按倒在地，否则将军一定会趁他们不备，把他们全都打趴下的。

　　莎菲正看得出神，忽然发现台上冒出一个熟悉的身影，长长的黑发用绳子束到了脑后，她细长的胳膊一下伸到了将军的脑袋上，揪起他一脸的褶子。她转过脸来，那张漂亮的脸紧绷着，表情很严肃，甚至可以说，有点愤怒。

　　"你们看到了吗？这柔软的、深深的褶子，它的下面是什么？"

　　"是假面具！"场上迅速沸腾起来。

　　"同志们，"女子大声喊道，她的嗓门足以让在场的每一个人都听得清清楚楚，"我从来没见过戴了那么多层假面具的人。他的表情，能适应不同的环境。他戴上假面具，就防止了别人进入他的内心和思想。现在，我要揭穿他，我们一起，将他打倒!"

她伸出长长的指甲，拎起将军的脑袋，往地上轻轻一磕，那张脸皮就裂开了好多细缝，她顺着细缝，一点点地把一张面具剥了下来。脑袋被磕了十几次，面具也被揭下了十几层，最后，将军的整个脑袋就被剥成了白白的、圆圆的、光光的一个肉球。被揭下所有面具的将军，跪在了最新诞生的女英雄面前。成千上万观众的欢呼声和掌声，像暴风骤雨一般从四面八方响起来，女子骄傲地四处张望，迎接大家赞赏的目光。莎菲站在人群之中仰望着她，嘴里发出一阵惊异的赞叹声，"瞧，她那么漂亮，还那么勇敢!"这真的是刚刚还一起吃过饭的那位优雅的夫人吗? 莎菲简直不敢相信自己的眼睛了。

就在人们拥上台，抬起新一届的女英雄，把她高高举起来绕场而行，庆贺她的胜利时，莎菲掏出纸和笔，飞快地写下了自己的感受:

这真是一次动人心弦的表演，我想大家都会和我一样目瞪口呆的。人心是不可预测的，必须定期揭露他们，揭下他们的假面具。也许我可以建议国王，这样的演习应该推广到每一个村子。如果人数不够，不妨赋予面具——揭露面具——罢免他们的英雄称号——重新赋予面具……

M　写历史的老人

　　他们心满意足地在面具村弯弯曲曲的街巷中漫游了好一会儿，结果迷失了方向。也许是因为之前观看比武站得太久，又走了太多路，莎菲只觉得自己的两条腿越来越没劲了。她想起衣袋里太阳王国的指南针，立刻掏出红本本贴到胸前。那种热乎乎的感觉非常奇怪，竟然马上又能大步流星往前走了，而且不由自主地向一个地方走去，速度之快，让一旁的饲养员惊讶极了。跛脚马的体力似乎已经不支，现在被他牵着，慢慢地跟在莎菲身后。

　　一种强烈的愿望支配着莎菲的两条腿，引导着她向前走去，想慢点都不行，原来这就是红宝书放射出的力量啊。天色渐渐暗下来，夜晚正在降临，就在这时，莎菲远远地看到了一片湖水。湖上有雾，看不太清。她又向前走了一段，才发现湖中央有一个小岛，岛上有一幢孤零零的小木屋。

　　此刻，莎菲已经不能主宰自己的两条腿了，红宝书的神秘力量促使她迈开步，向湖中走去。令她吃惊的是，一座浮桥突然在她脚下升起。原本灰色的水面上，盛开出五彩缤纷的花朵。而那幢不起眼的小木屋，竟然闪耀起迷人的金光。与此同时，两扇小门徐徐敞开。

莎菲走到门口，回头看了看，饲养员和跛脚马也登上了浮桥。她靠在门框上往里张望，出乎她意料的是，里面竟然是窄窄的、金灿灿的台阶，很高，一眼望不到头。她开始往上爬。跛脚马被留在了门外，饲养员也跟着往上爬，但他很快就累了，不时停下来歇一会儿。

台阶缓缓地向上伸展，越往上走，眼前越是明亮。就在莎菲登上最高一层台阶时，她的面前豁然出现一个八角的小亭子，八根朱红的柱子古色古香，亭子的顶上覆盖着绿色的琉璃瓦。尖顶的形状很有趣，既像响尾蛇的尾巴，又像神话传说中天王的宝塔。亭子里还立了块碑，上面刻着几列书法：

重要的是要让我们来写历史，因为谁写历史，谁就能控制现在。

亭子里的石凳上，坐着一个老人。满满一圈镜子，将他三百六十度围在中间。他的面孔就像活了几千年的老树的年轮，到处都是深深的皱纹。头发和胡子都很长，梳得整整齐齐的，披在肩上，垂在胸前，像雪一样白。穿着一件宽宽大大的黑色长袍，袍子上连着帽子，帽子盖在雪白的头发上。在他手里，握着一支笔，正在不停地书写着。

他抬起头，看了莎菲一眼。她却站在那儿，望着他，一句话也说不出来。不是她不知道说"您好"，不，她不知道怎么发声了。她想问：您是谁？这里是哪里？可是那些话堵在她的喉咙口，现在突然怎么都出不来了。

老人动了动："你是那个文人特派员。"

莎菲想应一声，但发不出声，只好轻轻地点了点头。

老人手中的笔仍在不停地书写着，一刻都没有停下。笔尖在看不见的空气里滑过，没有一张纸页，也没有一行字句。

"你现在是不是很想说话？"老人沉默了片刻接着说道，"很抱歉，在这里，你不能说话，不能说真话也不能说假话，不能说实话也不能说虚话。不过别担心，离开这里，一切都会像老样子的，你的嗓子会像从前一样，甚至会更清、更亮。"

"你想知道这里是哪里？"

"这里是虚虚亭，"老人弯下腰，指了指那块碑，"这里刻的可是国王的手书。全国多多少少亭子？国王只为这座亭子题过名。"

莎菲的全身颤抖起来，腿突然不听使唤，一下子跪在了那座碑前。她忍不住慢慢伸手去摸，碑上的字笔走龙蛇，雄浑自如，它们在她的手指底下，活过来一般，流光溢彩起来。

"你很尊敬国王，我对你很满意。"

接着是一阵长长的沉默。时间怎么过得那么慢呢？莎菲都不知道自己等待的是什么了。然后，她听见那苍老的声音又说道："你会完成国王委托给你的任务，但你完不成另外一个任务了……"

另外一个任务？什么任务？莎菲的心一下子乱了。她抬起头，不解地看着老人。他的脸上看不出任何表情。她想说，我不明白你指的是什么；她想说，反正我能完成国王的任务，这是主要的，对吗？但她连清清喉咙的咳嗽声都发不出来，只能张着嘴，呆呆地看着老人。

"我是写历史的人，在这里，我能看见一切。"

莎菲不由自主地向四周看了看，除了她和老人，并没有别人。饲养员也许还坐在某级台阶上休息呢。

"但你看不见。有些东西，即使你在下面，也是看不见的，但你可以相信我。想要活得好，就要把自己同自己先人的生活隔开，要把和过去、未来的联系都切断，只看眼前。"老人说着，指了指周围的那些镜子，"整个太阳王国，只有在这里，还能看见没被破坏的，历史的记忆。"

跪着的双膝开始发疼，在老人说话的时候，莎菲偷偷改成了坐姿。"两个世界，这里和下面。"老人慢吞吞地说道，几道更深的皱纹竖在了他的眉头中间："镜子看到的，到了下面都会变成谎言，这会令人迷惑不解的。所以我要把它们重新写上一遍，赋予它们没有的虚虚本质，这样，它们就会显而易见，变得可信了。只有可信的历史，才能使一切生命和事物显得真实。我写下的，才是整个太阳王国。

"而你，国王希望你做的，和要求我做的，差不多。你将写下一个长长的、充满奇迹的故事，见证我们伟大的太阳王国，让它永远流传下去。所以，你也已经是这段历史中的一员了。"

莎菲陷入了沉思，但她有点想不明白。算了，她想，我只需要感谢国王选中了自己。

"现在，你可以离开了。"

老人的话音刚落，夜就像一块黑色的纱巾，轻轻地罩到了莎菲头上。她不由自主合上眼睛，就那么坐着，进入了梦乡。

再次睁开眼的时候，莎菲发现自己正靠在门框上。她不知道自己睡着了多久。她试着说点什么，说出口的却是这样一句："咦，人呢?"她听见自己声音的回声，果然是又清又亮。饲养员牵着跛脚马在她面前出现，但他一句话都没说，好像在等待她给他新的命令。她一个箭步跨上马，回头看了一眼小木屋，然后说道："继续走吧，只管向前走!"

N　戏剧之夜

这一次，他们在路上走了许多天。一路上，狂风大作，风挟带着滚滚黄沙，漫卷大街小巷。跛脚马不得不低着头，顶着风才能前进。莎菲只好一直用一只手捂着嘴，饲养员则吃力地行走在跛脚马的身后。

尽管天气非常恶劣，但是莎菲想到自己将会圆满完成国王的任务，心里就充满了信心。风一停下不刮，她就放声歌唱，歌声是那样优美，歌词是她自己现编的，开头两句是这样的：

> 天上太阳红彤彤，红不过太阳王国
>
> 跟着国王语录走，四方世界一片红

终于，在穿越过一大片砂石地带后，他们来到了一片辽阔的平原上。在那里，大路小径纵横交错，全都指向一座高大的城池。

"这里可是太阳王国的第二大都城，乌有之乡。"

他们进城时已经天黑了，乌有之乡人点起成千上万盏灯，挂在屋檐下、窗钩上，还有人放起了五彩缤纷的烟火。

"红宝书保佑你，你的运气太好了，今天一定是看戏的大日子。"

"看戏？"

"对，一年一遇的大好机会，你将观看到最激动人心的一幕。我们太阳王国，没有惩罚也没有奖励，人们通过看戏培养良好品德，弃恶从善。全国有名的编剧本能手必须在这一天拿出像样的作品，演员们也要拿出自己的本领为大家服务。"

果然，在通往大剧院的路上，欢声笑语，人声鼎沸。像过最隆重的节日似的，人们唱起歌，跳起舞，莎菲后来也跳下马，参加了进去。

他们一起来到剧院门口，这时候，入口处已经聚集了许多人，男女老幼都有，所有人都穿着军装，头发剪得短短的，腰里系着军用铜头皮带，看起来非常神气。

人们纷纷就座之后，报幕员宣布戏剧之夜开始。叽叽喳喳的人群立刻安静下来。

第一出戏剧是一个优美的关于自然美景净化灵魂的故事。表演完之后，第二出接着，这次是一个向勇敢的天空征服者致敬的故事。一出接一出，每出戏剧都很引人入胜，风格也各种各样，有紧张的，有明快的，有抒情的，莎菲睁大了眼睛看着，觉得非常精彩。但她无意中看到她身边的人，包括饲养员在内，全都不动声色地坐在那里看着，却看不出有任何被打动的表情。

这时，她听见她右边的一位年轻人重重地叹了口气，他大概注意到了她惊异的表情，不好意思地解释道："唉，这些戏不好看，没有什么新东西，他们没有尽自己最大的努力。"

　　大幕再次徐徐拉开。这一次，先出场的是一个将军，只见他赤裸着上身，肌肉发达得就像钢打铁铸过一般。他骑在一匹高头大马上，在他身后，跟着一群士兵。突然，平地起了一道黑风，卷起土坷垃、树叶杂草向他们疾飞过去。风过后，那群士兵统统消失了。空中传来一个敲打破锣似的声音说道：集体宫殿的女主人、群众女王有一个口信要带给领袖。你，这位太阳王国最伟大的将军，必须无条件地服从她，并且交出自己的整个生命、全部财产和所有技能，做她最忠实的奴仆。如果你不准备这样做，除非你能战胜女王。否则，你的所有随从都将经受最严酷的酷刑，慢慢地、悲惨地死去。明天早晨日出之前，就是最后期限。

　　第一幕结束时，领袖坚定地望着舞台下面的观众，大声说出了台词："我，领袖，一个男人，绝不会屈服于一个女人。相反，我会去诱惑这个女人，我会使用我既粗暴又温柔的力量，使得群众这个女人神魂颠倒。"

　　大家都用惊讶的目光看着已经合拢的幕布，交头接耳地窃窃私语起来。

　　"这可不是一件轻而易举的事情，"莎菲右边的那位年轻人认为，"群众很狡猾，会讹诈领袖。"

　　坐在莎菲左边的饲养员思索了一下说道："不，领袖会做好一切准备的，他会先蒙骗她，再给群众来个出其不意。

你是怎么想的，莎菲？"

"如果我是领袖，我会找一个人伪装成是我，穿上我的衣服，骑上我的马，向另一个方向前进，让群众以为我放弃了去救随从的打算，自己逃跑了。这样可以引蛇出洞。"

第二幕很快开始了。果然，正如莎菲预测的那样，领袖先找来一个流浪汉，让他披上自己的军大衣，还给他化了化装，不走近仔细看，很难看出他们之间的差别。他成功地制造出了逃跑的假象。然后，静静地趴在草丛中，一动不动，一声不吭地等待着。

台上台下，静了足足有一分钟。果然，很快，出现了大队人马，他们一起冲向流浪汉消失的方向。然后，一切又恢复了平静。

领袖又等了一会儿，这才小心翼翼地爬出草丛，悄无声息地来到了群众女王的宫殿前面。

宫殿里灯火通明，群众女王正和自己的侍从们一起举杯狂欢。

领袖掏出自己的棍子，大喝了一声："我要用我的亿万兵力消灭你！"棍子一道闪电般，向剩下的那些侍从们刺去。不大一会儿，他们就全被打倒在地。群众女王这时从纸糊的宝座上站了起来。她长得非常美丽，身穿一件墨绿色长旗袍。也许是因为身材好，那件旗袍特别能显示出她的曲线美。她的头发像墨一样黑，结成两尺多长的大辫子，垂在胸前。在领袖面前，群众仍然保持着女王的风度，和他对视起来。

但是领袖从剑鞘里拔出了剑，群众转身往后宫跑去。但是她穿着旗袍，哪里跑得过领袖，一会儿就被捉住、按倒了。一瞬间，群众的旗袍就变成了开口直到胯骨高的两片了。她的辫子也被领袖揪在了手里，几剑下去，就被削成了狗啃状。她窘迫不安地匍匐在地上，因为害怕而开始发抖。领袖抬起一只脚，把它放到她修长的颈项上，来回蹭起了鞋底。

"我的领袖，我的主人，"群众的声音开始颤抖，"在太阳王国里，没有人能反抗您，您比所有伟人都更伟大，比一切英雄都更英明。我太愚蠢了，不知道您的伟大和魔力……"

"我只要稍稍再用一点力，就能用这只脚把你踏得粉碎。"

"那是我罪有应得，我很后悔做了背叛您的事，求您饶恕我吧！"

"好吧，为了向你证明我的宽宏大量，我就收你做我顺从的女奴。现在，站起来，群众！"

群众站了起来，但又不由自主地双膝慢慢跪下，然后，弯下身，吻了吻那只刚刚践踏过自己颈项的鞋子。

"您的宽容大度让我发狂似的爱上了您，我愿意献出自己的整个生命、全部财产和所有技能，发誓为您效劳。我愿意无条件地听您吩咐，做您最恭顺的女奴，按照您的每一个眼色行事……"

没有观众愿意再继续听下去了，成千上万人的欢呼声一起爆发，剧院沸腾了，"万岁！领袖万岁！群众的领袖万岁！"所有人，包括莎菲，都开始又唱又跳起来。

O　正义的剧场

戏剧之夜还在继续。有的有趣，有的紧张；有的严肃，有的活泼。人们一会儿异口同声地"啊"，一会儿又同声异口地"唉"。莎菲已经完全被惊讶和赞赏压倒。

这时，报幕员来到台口，她夸张地挥着手，激动地一个字一个字宣布道："下面是今年最后一个节目，压轴剧作——《正义之战》！"

大幕拉开了。两个十来岁的男孩，并排坐在草地上吃着苹果。长得健壮而俊秀的，名字叫水。长得瘦弱而丑陋的，名字叫火。吃完苹果，他们不知不觉手拉手做起了游戏。他们一起长大，彼此都是对方最好的朋友。

有一天，水一个人回家，经过一棵树，看见那上面悬挂着一张蜘蛛网，黏糊糊的，每一根蛛丝都在拼命弹动，原来，一只美丽的蝴蝶正在网上挣扎着。它扭动着又细又软的身体，但它越使劲，身子就被粘得越紧。它的翅膀像黑珍珠一样，闪着光，黑里透彩。水不假思索地捡起一根树枝，把网打散了，蝴蝶飞了起来。它低低地飞了一圈后，降落在水的手指上。正当水想着该拿它怎么办时，他听见一个细声细气的声音唤道："水！水！"

他四下里瞧瞧，发现声音来自自己的手指，蝴蝶拖着受伤的翅膀，在他的手指上费力地向前爬，显得十分虚弱："是你救了我的命，我想送你一件礼物，我的恩人，如果你肯赏脸接受的话。"

"谢谢……"

就在这时，水突然感到手心里痒酥酥的，低头一看，那是一枚小小的蝴蝶胸针。

"这是美好的标志，谁拥有它，谁就会得到一切美好的东西。"

果然，水变得更英俊更高大了。很快，他娶了全国最美丽的女子为妻。他们婚后住的房子，要多美丽有多美丽。床上用的所有软垫、被套、枕巾、床罩，都是用闪光的绫罗绸缎制成，还用金银丝线绣出一幅幅巧夺天工的图画。

水和火彼此仍然是对方最好的朋友。火已经不再瘦弱了，但还是很丑陋，没有女子愿意嫁给他。他开始闷闷不乐，和水在一起时也是这样。有一天，水从自己胸前取下这枚胸针，递给火。

"这是什么？"火接过胸针，端详了一会儿问道。

水讲了它的故事。"现在，我想借给你戴戴。等你娶到妻子，请还给我。"

火感激地点点头，但仍然只是犹豫不决地拿在手里。

"不想马上试一试吗？"水问，"看看它是否能帮你。"

火把胸针别在胸前。果然，第二天，就有人来提亲了。

婚后，他按约定来归还胸针。但他回到家后，惊愕地发现，原本非常清秀动人的妻子，变成了一个黑牙黑痣的丑婆娘。

"要是胸针还在我手里就好了……水自己难道不知道，他不需要再佩戴胸针了吗？……我必须把它偷来。"火看了一眼身边又苍老又肥胖的女人，再次重复道，"我必须把它偷过来，这样的日子可没法过下去。"

从这一刻起，火就开始策划如何从水手里，拿走美好的标志。

莎菲的脑袋猛地抬了起来，她发现，和她一样，观众们全都愤怒地凝视着台上的火。

夜幕终于降了下来，这是一个没有星星没有月亮的夜。

火悄悄地钻进了水的屋子。但是那天晚上，水没有睡熟。两个好朋友四目相对的那一刻，是一阵长长的静寂。最终，水站了起来："你想从我这里偷走美好的标志据为己有，你这样做，玷污了我们之间的友谊。现在，我曾经的好朋友，举起你的剑，让我们来决斗吧！"

人们开始不安，观众席上响起了一片反对声，音量不断升高，但戏剧仍在继续。

最后一幕，莎菲记得清清楚楚：

水和火，手里各自拿着一把剑。他们俩面对面站着，你盯着我，我盯着你。火的速度比水的更快，他的手腕只一动，剑尖已经指着水的胸膛。

"把那个胸针给我！"他喊道，"你已经够美的了。"

"它是我的，不是你的。你想拿走，那就杀了我吧。"

火迟疑了一下："你为什么要强迫我杀你呢？"说着，他用力抓住剑把手，挥剑向水砍去。水试图用剑抵挡，但是，火的剑太快了，一下就没入了他的胸膛。鲜血顺着火拔出的剑尖直往外淌。水踉跄着后退了几步，倒在了地上。

一开始，莎菲有些不知所措。正义之战，这个剧名让她认为，这部戏一定是好人战胜坏人，正义战胜邪恶，可她怎么也没想到，结局会是这样。这时，她听到前排有人大喊："错了，完全错了！"许多人愤怒地站了起来，人们把脚上的鞋脱下，扔到了台上。台上的火，不安地看看台下的抗议者。但这没能阻止住他，他还是弯下腰，从尸体的胸前摘下了胸针。

剧院里先是鸦雀无声，紧接着，观众们一片哗然，像炸了锅，嘘声、大喊大叫声、怒吼声响成一片。

"双手沾满鲜血的魔鬼！"有人喊道，"打死他！"

前排的人已经醒过神来，有些勇敢的，索性跳上了舞台，他们解下闪着光的铜头皮带，挥舞着，劈头盖脸砸向火。

随后的一切发展得非常迅速。火不像是个刚杀过人的恶魔，倒像是个待人宰割的祭品。他已经被打翻在地，露出哀求的目光。一个观众揪住他的衣领，把他拖到台前，另一个用皮带勒住他的脖子。

这一定是现代戏剧，演员就是观众，所以观众可以在台上走来走去。莎菲最初还有点不知所措，后来又觉得很有意思。

现在，火已经在台上被抽得满地打滚，他的脸变得青肿，口鼻流血，五官变形。抽打声，吼叫声，响彻舞台。更多的人挤上了台，莎菲只看到，无数只手，无数条皮带，在空中乱舞着。

莎菲断定，所有这一切不过是舞台戏剧的组成部分。为这部戏逼真的效果所陶醉，她不由自主地站到了椅子上，向舞台上的演员们鼓掌。

幕布拉上了。

没有优雅的集体谢幕；没有人转向躺在地上血淋淋的两个人，以一种夸张的方式弯下身向他们伸出手；水和火，没有人抓住别人的手一跃而起。

所有观众，都像是喝醉了酒似的，心情轻松，脸上带着隐隐约约的微笑。

"正义之战……这是不是一出悲剧？"莎菲疑惑地问一旁的饲养员。

"当然，水被火杀死了。你没看到吗，观众们后来怒不可遏了。这么丑陋的人，品行还这么恶劣。"

"那这些是在演戏，还是……"

"我们太阳王国，可是全世界最尊重、最保护生命权的国家。我们早就对所有罪行废除了死刑，但是如果有人犯罪，必须加以惩罚。惩罚就是，扮演每一年压轴大戏里的被害人和凶手。今年犯罪的人数比往年又下降了呢，再往后，也许就看不成压轴大戏了。"饲养员忧心忡忡地说道。

"他们犯的是什么罪？"

"水是生产鞋油的，注册商标是'太阳'牌，可鞋油竟然是黑色的，那岂不成了'太阳黑'鞋油？真是反动透顶！火是因为有一天在黄昏的时候，他看着夕阳，突然说'太阳掉下去了'，在我们太阳王国，当然就只有国王才是太阳，对不对？你看，火的用心是多恶毒呀。"

眼下没法拿出纸和笔，莎菲只好全神贯注地想着自己刚刚想到的一些：

悲剧，只有发生在剧院里，才能使观众产生震动，净化观众的集体意识，并升华成后来的正义行动。看来，人民在其公义的要求上，不是用理性，而是用本能，追讨罪人的罪。而戏剧，就是借助一整个故事，把这种健康正确的本能煽动起来。短短一个晚上，它就使不同阶层的观众，变成了满怀共同正义志向、亲如一家的一群人。

她把所有这些想法放进了脑子里的一个角落。等出了剧院，好好安顿下来，她就要把它们进一步变得完善。

P 练习说话的播音员

在黑夜里已经走出好几里路了，莎菲和饲养员两人谁也不说一句话，似乎都还在回味着刚才的剧情。就连一直拴在剧院门外的跛脚马，虽然此时仍然走得一瘸一拐，但马蹄子踏得铿锵有力，如同擂战鼓一般。

夜还是那么黑。

黎明时分，她才渐渐看清自己来到了什么地方。在一片原野后面，立着很多高楼大厦，那种现代化的程度使莎菲无比诧异。

"这是什么城市？"

"这里就是太阳王国的国都，光芒城。当太阳照到这里时，地球就开始了新的一天。然后太阳会照亮其他国家，它们每天都只能用我们用剩下的太阳。"

饲养员说着挺了挺身子，擦了擦前额上的汗，向城门敬了个礼，手还微微颤抖着。

过了一会儿，莎菲看见了一些人，男女老幼都有。他们的外表和平常人一样，但是他们全都鼓着腮帮子，嘴里念念有词。

越往城里走，莎菲发现这样的人越多。她观察了一会儿，他们的腮帮子很卖力地向着一个方向鼓动，过了一会儿又向着另一个方向鼓动，她决定找个人问一问。

“你好，你们这是在干什么呢？”

那个被问的女人赶忙停下脚步，可嘴却说不清话语，她又鼓动了一会儿腮帮子，就不声不响地走开了。

“你不应该在他们练习的时候打扰他们，”一个男孩在一旁说道，“他们没练习完之前，是没法开口说话的。”

莎菲转过身，向着那个说话的方向看去，原来是一个七八岁的小男孩坐在窗台上。

“请原谅，我不了解这里的规矩。他们是谁？”

“我们称他们是练习说话的人，”男孩跳下窗台，接着解释道，“他们是想成为我们太阳王国家喻户晓的英雄播音员。为了练习流利地说话，嘴里要含一块石头进行练习。据说，要一连磨圆三十块石头，才能练就如簧的巧舌。幸好，我们这里的山很多。”

“我们国王特别喜欢播音员。每年金话筒大赛结束后，他都会接见获奖的播音员。他说，语言是人类的灵魂，口才是打败敌人的利器。只有刻苦训练，才能当上超级播音员，说服敌人就范，成为国家的大规模说服性武器。”饲养员补充道。

正当他们这样站着说话的时候，一个温和美丽的女人的声音响了起来：

“根据我们的史书记载，1893 年 12 月 26 日那天，太阳耀斑突然爆发，地球两极白天也出现了可怕的极光，因为电磁受到干扰，很多船只诡异地撞上了冰山，地球上的火山都开始了爆发前兆，一场更大的灾难似乎就要降临。人类终归是幸运的，就在这一天，随着一个新生命的呱呱落地，太阳和地球的异象立刻全部消失了，千年不遇的真神、太阳王国的新国王，诞生了！"

啊，莎菲心想，多美的声音啊！那声音又开始响了起来：

"一天，国王来到光明山天池附近的一处温泉休养。他刚泡在温泉里，一阵急雨就降了下来，就在大家慌忙找伞的时候，国王却摆手示意大家停下。这时，只见他不慌不忙地朝天空挥了挥手，奇迹顿时出现了，那乌云竟好像认识伟人一般，听话地挪开了，众人无不称奇。科学发展到今天，这段往事仍然是不解之谜。"

那声音对莎菲有一种无法抗拒的吸引力。她循声找去，先是穿过一条弯弯曲曲的小路，在小路的尽头，立着一个指路标，被雕刻成一只话筒的形状，正指着一个方向。那上面写着：通向播音楼。

莎菲赶忙向着话筒指出的方向走。

"有一天，一只渡船在风暴中迷失了航向，天逐渐黑下来，艄公不知所措。一个少年霍地站起来说：'我在深山迷路时，总能找到回家的路。我掌舵，就能找到陆地！'他掌了舵，直到天明，果然出现了绿树茂盛的山峰，大家欢呼起来！这个少年，就是国王本人。那天，他是根据地球磁场找到的目的地。"

她仔细地倾听着声音的来源，感到越来越兴奋。终于，她的面前出现一条笔直的林荫大道，两边全是苹果树，树上结满了红彤彤的圆苹果。林荫大道的尽头有一座房屋，这是莎菲见过的最可爱的建筑。屋顶圆圆的，整个建筑物则瘦瘦长长，远远看去就像一个大话筒，使人感到很亲切。

那声音又开始朗诵起来：

"一次，天降大雪，国王率领部队正行走在密林间，忽然有人大喊：'树干上有文字！'大家赶紧上前，只见树干上写着：'国王是太阳王国永不落的太阳。'大家连连称奇。几十年来，这样的树一共发现了几万棵，堪称世间奇迹。"

莎菲确信，有这么好听声音的人肯定长得很善良可亲，于是她敲了敲门，她听见那声音喊道："进来进来，来自远方的客人！"

她推开门，看见一个房间，不很大，朝南，阳光从窗口射进来，窗下摆着一张大桌子，上面搁满了大大小小的话筒。桌前坐着一位女士，她的脸圆圆的，脸颊红红的，看上去很像大苹果。

她指了指墙角一把椅子，同时做了个"请坐"的手势。

莎菲迟迟疑疑地坐了下来。

"1893 年 12 月 26 日那天早上，根据历史记载，光明山发生了一次从未有过的大雪崩，山上的浓雾奇迹般瞬间消失，随后，一道彩虹出现在天池两岸。当一颗耀眼的流星划破宇宙时，一个新的生命降临了，这就是太阳王国国王的诞生。当晚，夜空新星闪耀，天池如同沸腾一般！"

播完这一段后，她关上了面前的话筒，"好听吗？"她仔细地端详着莎菲问道。莎菲点点头。

"在太阳王国，你听到的所有故事中，十个有九个是从这里听到的，所以这里也叫'中央'楼。通过这里，到达学校、军队、村庄……从实实在在具体的某个人那里，你顶多只能听到一个——关于你自己出生的故事。"

"我是一个作家，我也很想写些和国王有关的传奇。"

"它们来自我们丰富多彩的日常生活。作家或者政治家写出材料，电台编辑根据电台台长的意见，把它们加工得更加通俗易懂之后，交给我们播音员广播。我们照本宣科。朗读时，声音的音色、节奏、速度以及其他众多参数，都经过台长的科学论证，达到最适合听众接受信息的标准。"

"你们的台长真厉害！"莎菲由衷地赞叹道。

"他就是我们的太阳王国国王啊。"那位女士一说完，便飞快地打开了面前的话筒，朗诵道：

"'国王来了！'不知道谁喊了一声，大家扔下手里的工作，就叫喊着冲了出来。在见到他的那一刻起，每个人再也控制不住自己的情感，在山呼海啸般的欢呼声中，有人放声痛哭，有人大笑不止，有人拍痛了巴掌，有人喊哑了嗓子，挤不进来的就爬到高处向里眺望。这就是人人爱戴的访遍宇宙也不会再有的绝世伟人！"

"我还以为，这里会有许多许多的播音员呢。"

"不，我亲爱的客人，"女士轻轻地回答道，"在我们这里，情况有所不同。除非我犯了错误，否则，永远只有我这样一个播音员。当我老的时候，我的舌头就会犯错误，我的声带也会犯错误，到那一天，就会有新的播音员取代我。不过，每个学校、军队、村庄，都有他们自己的播音员……"

她转过身去，继续工作起来。在她美妙的声音陪伴下，莎菲离开了播音楼。她无意中向路边扫了一眼，却发现了一番奇妙的景象：

一群年老的男人女人站在树下，谁也不说话，每一个人都陷入沉思。地上放着一些扑克牌大小的硬纸片，上面用粗黑笔写着工整的楷体字，横平竖直的。

一二三四 五六七八 九十百千 万元大小
上下左右 水火土石 天地山林 风雪云雨

他们拿起一张，然后默默地盯着它看上半天，又摇摇头放下，就这样不断地拿起放下。

"这不是幼儿识字卡吗？他们这是在干什么？"

"在学习认字呢。"刚才等在楼外的饲养员此刻跟了上来，他对着莎菲的耳朵小声说道，"他们都是犯了错误的播音员，他们被赶出播音楼后，就什么也不会讲了，连自己的名字怎么念都忘记了。这是让他们能有点事可干，毕竟他们为我们太阳王国也做出了一些贡献。"

莎菲忍不住向那些很努力、很专心，学习着认字的老头老太挥挥手，喊道："你们辛苦了，一定不要放弃啊！"

Q 科学怪人

"在国都，你会发现更多值得书写的。"饲养员说着转过身，"来，跟我来，我要带你去看看我们最有名的科学家。是他研究出每天对着稻田播放太阳思想革命歌曲的高新技术，秧苗果然长得又快又好，产量大幅度提高。"

跛脚马似乎完全认得路，它停在了一座高大的建筑物前面。这个建筑物的形状像被什么扭曲了一样。楼体整个呈九十度顺时针旋转，外壁光滑，没有装饰，也没有窗户，只有一个门，但却紧闭着。

在光滑的金属制大门中心有一块圆形的石头，那上面刻着这样的文字：

科学就是　　　。

"你知道这里应该填什么吗？填写正确，就能打开这道门。"说着，饲养员充满希望地看着莎菲。莎菲想了想，她记得倡导科学革命的哲学家培根曾经说过这样一句话：知识就是力量。科学家不就掌握这样的力量吗？

"科学就是力量！"莎菲大喊道。

她的话音未落，那块石头就亮了起来，接着径直飞到莎菲手中，门也自动打开了。饲养员忍不住"啊"了一声。他尾随着手捧闪亮石头的莎菲进了大门。跛脚马没有跟上来，而是低下头，打起了盹。

　　大厅里一片漆黑，莎菲高高举起石头，它比几万根蜡烛一起点燃还要亮，但是仍然照不全大厅的四周。突然，整个大厅变得一片通明。莎菲看到大厅中央的地上立着一块很大的牌子，上面刻着十九种文字写成的：太阳王国科学院 & 国家科学实验室。

　　莎菲站在那里，睁大眼睛，环顾四周。一个银发老人出现了，他向她招了招手，那块石头就飞了起来，落进了他的白大褂口袋里。

　　"科学，和太阳王国的太阳思想，是双胞胎。太阳思想就是客观的科学真理，它以科学为基础，它本身就构成科学的基础。掌握太阳思想，就掌握了科学！"

　　"您就跟古埃及的大祭司一样！"

　　"我只是运用科学法则来解释和论证：太阳王国就该是这样的。现在，我要去做实验了，你们也一起来吧。"

　　大厅另一侧的一扇门，现在自动地开了。一个表情严肃，身着传统灰色实验室工作服，感觉上很一丝不苟的男士，出现在他们面前，他带走了饲养员。莎菲则跟着科学老人走出门，来到另一个房间。这个房间很小，搁了一把特别大的椅子，上面坐着一个看起来很像是个大学生的年轻男孩。

　　"这是一项对学习中惩罚效应的研究，我们想弄清惩罚对记忆力的影响。这位学生最近记忆力下降得很厉害，我想他需要新的学习方法，这个方法只有我能给他。你，就是我的助手。现在来完成实验的第一步，请你将这位学生牢牢绑在这把电椅上。"

莎菲照做了，她还仔细地将各种复杂的连线和电击贴纸贴到男生身上。之后，莎菲被带入一个有着电击装置的房间，那是一个看起来很闪亮的大金属箱子，在箱子上方，最前面有一排按钮，共三十个。每一个按钮都对应着一种程度的电压，最低从 15 伏开始，每个按钮的电压以 15 伏为单位递增。三十个按钮分成很多个等级：从轻微电击开始，到较强电击，再到猛烈电击，严重电击，直至最后的两个按钮，上面只是简单标记着：

在那里，她看不见那个电椅上的学生了，不过，她的面前有一个麦克风，可以听到他的声音。

实验很简单，莎菲只需要通过麦克风宣读一些词语即可，再来考考那位学生的记忆力。如果学生回答错误，她就需要按照科学老人的要求，对学生施加电击。每错一次，她需要将电击的幅度增加一级。

刚开始，学生很少出错，但是，随着单词记忆数量的提升，他的出错率越来越高，需要对他施加的电击强度也越来越强。75伏开始，男生第一次发出了呻吟声。莎菲的手停顿了好几秒钟。120伏时，男生喊出声来："我很痛！"莎菲没有意识到，自己吓得张开了嘴，她呆呆凝视着科学老人，老人却仍然神采奕奕。

"他已经很痛了……"她担心地问："实验可以结束了吗？"

"什么？"科学老人不满地看了她一眼，以一种命令的语气斩钉截铁地说道："请继续。"

150伏，男生开始惨叫："我受够了，放我出去！"

"还是要……要……要继……续吗？"莎菲开始口吃了，忍不住扯了扯自己的头发。

"继续。"科学老人面无表情，完全无动于衷。

莎菲咽了口口水，她觉得喉咙很不舒服，她小声嘟哝了一句："这到底是什么实验啊……"但她仍旧听从了命令。

300伏时，男生开始歇斯底里地叫喊："我有心脏病，我要立即退出实验！"

莎菲再次犹豫不决地抬头看老人，这个看起来非常权威的研究者却只是冷冷地说："实验要求你继续进行。"

在按下按钮前，她用力使双臂弯向背后，深深吸了一口气。

300伏以上，男生开始猛烈撞击墙壁。莎菲被吓了一跳，那呻吟声，好像是从自己身体里发出来的。她近乎乞求地看向科学老人，但他却一点也不惊讶。汗从莎菲的脸上、手上，不断冒了出来。

"可是，"她突然变得对这一切毫无把握了，"他会死的！"

科学老人更严肃了："继续进行实验是极其必要的。"

"我的天，这什么时候才能结束啊……"有一瞬间，她用双手蒙住了自己的脸。

超过330伏了。

墙的那一边，只有可怕的寂静。

"不回答也与答错做相同的处理。你没有别的选择。你必须进行下去。"

"我必须进行。"莎菲重复了一遍这几个字，她费了很大劲才准确地说完它。然后，她又把颤抖的手指放在了按钮上。

她按下去了。轮到最后一个按钮时，她只是有点担忧地看了看，咬住了嘴唇。

"你完成得非常好。"科学老人冲她点点头，"你是第六十五个，按照我的命令，将实验进行到底的。"

"第六十五个？"莎菲诧异地问道，"为什么是第六十五个？"她不解地看着老人。

他忽然开怀大笑起来："因为你是第一百个参加实验的人，这其中，只有三十五个人拒绝继续，不过，他们也服从到了300伏才停下来。"

"我不知道，"莎菲窘迫地说道，"您这实验是……?"

　　"我只是想证明，"老人转过脸，微笑着久久地看着自己的实验对象，"服从权威，是每个人的天性。We do what we've been told。"

　　莎菲的脸有点儿红了，她没听懂老人最后说的那句外国话。

　　"科学给人的感觉是具有最大程度的客观公正。就像数字一样，人们觉得它不会撒谎，特别是当人翻开书本，打开报纸的时候。一般正常人，都会信服科学家、数学家、学者这样的权威。想要使人相信什么，只要让它沾点科学边儿，提一提科学的名字，就足够了。"老人用理所当然的口气解释道，"它是如此令人尊敬，最荒谬的见解，只要是以科学的方式表述出来，就都会被采纳。"

　　他们走出房间，回到大厅，饲养员已经等在那里了。他给她讲了自己刚才经历的一切，说着说着，情不自禁地哭了起来。他说他自己也不知道为什么，就这么按到了电压的顶点。他还说他不是虐待狂，在家里也是个好儿子好父亲。

　　"这只是个实验，"科学老人慢条斯理地说，"你的表现很好，很正常。你不需要为那些小白鼠担心。"

　　"好的，教授!"饲养员喃喃地说。

　　一扇门自动地向外打开了。在出门之前，他们再次转过身，向科学老人深深鞠了个躬。

他们走出大门。外面没有一丝风，跛脚马宁静地咀嚼着绿色的带叶的枝条。

R　死亡诗社

跛脚马走在一条宽阔的大道上，这条大道的两旁，种满了各种各样奇形怪状的植物，它们绵延伸展开去。莎菲刚想感叹一句"这里真美"，马却在岔道口选择了另一条上山的小路。于是，树越来越稀了，再往上，就没有了。

万里无云的天空下，是高高耸立的光秃秃的石头山顶。就在这样寸草不生的山顶上，立着一座庙。一个双眼眶黑黢黢空着的年轻人，站在寺庙前面，似乎在倾听着他们的脚步声。

"他是谁？为什么会住在这里？"莎菲从马背上跳了下来。

"我也不知道，"饲养员疑惑地拍了拍马头，"会是谁呢？"他率先向年轻人走去。

年轻人一动不动地站着，他的身材很高大，身上的长袍像他的头发一样是黑色的。

"你是谁？在这里干什么？"

"我是死亡诗社的社长，双目失明的诗人。"

"什么是死亡诗社？"莎菲问道。

"死亡的智慧之地，不怕死的年轻人短暂寄居的地方。

死亡是一种信仰，也是一种本能。崇拜死亡吧，它能净化你的灵魂，让你纯洁。不怕死的人才能像这里的天空一样纯净质朴。"

"你的眼睛……"

"和莲花国打仗时受的伤。作为死亡诗社的社长，我带着人冲到距敌人阵地前沿只有五米时，踩响了一颗地雷。地雷爆炸的那一瞬间，我只觉得两眼一黑，就什么也看不见了。我用手拍拍脑袋，神经正常。用手擦擦脸上的泥，摸到了一团血糊糊的肉，原来是我的左眼球被弹片削出了眼眶，只剩一些肉丝粘连着，挂在脸上。我又揉揉右眼，右眼球也被弹片带动的热力严重烧伤了。战友们要给我包扎一下，我一把将掉出眼眶的左眼球扯掉，大喝一声：'快去拿下高地，向连长报告火速增援我们。'剧烈的疼痛使我昏迷了过去。战斗结束后，我被送进了后方医院，右眼也被摘掉了。虽然我双目失明了，但我没有悲观，没有泄气，相反写出了更多更好的死亡之诗，一直连任社长至今。"

走进寺庙后莎菲才发现，这个建筑物其实相当庞大。里面有许许多多间屋子，一进一进又一进，最后那一排小房子，紧靠着一堵悬崖峭壁。

诗人告诉莎菲，在这里跟着他学习写诗的年轻人，来自全太阳王国各地。但是，如果他们想来这里学习写诗，首先必须和他们的家庭、爱人断绝一切关系。成为死亡诗人的唯一要求是崇拜死亡，必须要有自我牺牲精神，下决心把生命献给死神。除了写诗，这里还会定期排练古老的与死亡和出殡相关的仪式。

"克服死亡恐惧的唯一办法，就是决定去死。每天吟诵我们创作的死亡诗歌，你就会变成一种特殊材料，你会发现，自己前所未有地勇敢。这时候，你就可以去报名参军了。"

"进这样的诗社需要考试吗？"

"不，只要你觉得自己还是个年轻人，愿意来就能来，我会教你一切需要的华丽辞藻。不过，这里的社员几乎从未超过八百。他们是这个王国最不怕死的人。和菊花国打仗那一时期，这里所有社员都出动了，最后只有几个人活了下来。"

莎菲和饲养员被引进了一个大厅，在他们面前，许多年轻人正聚集在一起，他们全都穿着黑色的粗布长袍。诗人摸索着，爬上一张高高的凳子，显得很高大。顿时，人们鸦雀无声。莎菲也赶紧找到一个空着的座位坐下。饲养员宁愿站在她的身后。

静默了许久，诗人才开始讲话，他的声音很深沉。

"每天，我们都在这里思考着生死之谜。现在，就让我们用最热情的死亡之诗，欢迎我们远道而来的客人。"

"我们——是死亡的未婚夫。"

"我将成为众尸中最年轻的一个。"

"死亡是没有的/我已在生命中行走千次。"

"在向阳的山坡上/我把自己埋葬/我为自己立碑/然后彻底地死去。"

"用死亡回击死亡吧/朝日出的方向/在春天虔诚的目光中/墓碑消融，灵魂开花。"

……………

也许是幻觉，莎菲注意到，原本坐在那里，像是一尊塑像的诗人，黑色的眼眶深处，似乎有一团小小的火焰在闪烁。

S "你会画地图吗?"

午后，莎菲坐在马背上，颤颤悠悠。她的眼皮开始向下耷拉，一下一下，打起了盹。忽然，一匹飞奔的骏马掠过她身边，马上坐着一个小孩，小孩的脑袋上绑着一圈白布条，上面写着：急急急急急。长长的飘带在他脑后哗啦啦地飘动着。刚开始，莎菲没有注意到。但是接连几匹马飞驰而过，她坐直了身子。

"他们应该都是去找地图大师的。难道我们东南西北四邻的边界出了什么问题?"饲养员吃惊地看着那一溜被扬起的灰尘。

"地图大师?"

"你还不知道太阳王国的地理特点吧? 这里的山脉、田野、海洋、岛屿、河流……我们与哪些国家毗邻，从一个地方到另一个地方的距离，都是地图大师负责测量的。只有他一个人，才能画出一整张太阳王国的地图。他只为国王服务。"

"我想去拜访他。你是否知道怎么才能找到他？"

地图大师住的地方，名字叫"看不见的地方"，他们到达的时候已经是傍晚了，太阳正在落山，天空被照得红彤彤的。莎菲发现，"看不见的地方"是一片沙滩的名字，沙滩上，到处都是美丽的沙雕：庞大的十二生肖神坛，形象的城墙、龙王、兵马俑，雕刻得十分精细的城堡……各种沙雕构成了纵横交错、宽窄不同的大道小路，置身其中，就好像走进了一个沙的迷宫。跛脚马无声无息地走着。突然，莎菲看到，在迷宫的尽头，在苍苍茫茫一望无际的沙面上，有一座孤零零的八角形宝塔耸立起来，高高地直插青天，她又惊奇又疑惑，心想：这附近并没有寺庙啊。紧接着，又出现了高高低低的城墙，顶上是呈凹凸形的短墙，连绵六七里，竟然是一座城了。许许多多的宫殿楼台出现在其中，高低不平远远近近，它们断断续续联在一起，时而分离时而结合，一会儿显形，一会儿隐身。再仔细看，瓦是碧绿的，屋檐高高翘起，到处绿树成荫春意盎然。那些树有的高有的矮，有的两棵靠在一起如人窃窃私语。树上是各种奇异的动物。有一瞬间，莎菲甚至觉得自己看见一只麒麟正和几条小龙嬉戏。就在这时，宝塔放出了闪闪的红光。

"这里应该就是海市蜃楼了，是地图大师居住的地方。"看着眼前这一片最好的画家也难以描绘出的美景，饲养员的嘴一直忘记了合拢。

宝塔一共有九层，来到塔跟前，莎菲才看见，每一层塔身上，都站着坐着好几个小孩。每一个小孩的脑袋上都绑着一圈白布条，上面写着：急急急急急。

第一层塔身特别高，门额上刻着"俯视红尘"和"高超碧落"这八个字。莎菲把跛脚马留在树丛里，和饲养员从南门走了进去。

"你们急的是什么事呢？"她问一个坐在门边的小孩。

小孩站了起来，向她走了几步，细声细气地说道："你不是来送信的？"

"不是，我是来拜访地图大师的。"

"哦，我们都是送信的，在这里等他接见。"他指指旁边空地上坐着的几个小孩。

"你们要送什么重要的信呢？"

"是送口信，一个重要的情报。"小孩考虑了片刻，才开始回答："我的家乡离这儿很远很远，我不知道你是否知道，那个地方叫番薯岛，紧挨着菊花国。"

"我听说过！"饲养员兴奋地说道："那可是一个非常美丽的地方。"

小孩微微一笑，但很快又愁眉不展了："最近在我们那里，发生了一件怪事，让我们岛上所有人都很惊恐，而且还在持续发生……就是，在我们岛周围有四个小岛和三块小岛礁，有一天，有一块小岛礁忽然没有了，不知道哪里去了，你们明白我的意思吗？"

"你是想说海水涨潮了，把那块岛礁淹掉了，是吗？"饲养员问。

"不是，"小孩接着说道，"要是淹掉了，潜到水下还是能看见的。但是不是那样，那儿，原来有块小岛礁，现在什么都没了，是什么都没了，好像从来没有存在过一样。"

"我们那儿也是，"另一个孩子插话道，"我们住在山上，山的另一边紧挨着莲花国。现在也有一座山峰忽然没有了……"

"而且，"又一个孩子站起来说道，"不止一个地方，消失的地方正在逐渐扩大。"

"不知道为什么，大人们没过多久就完全忘记了，那里曾经存在过几个小岛。就在几个月前，我还去那些岛上玩过呢。"

"我们家那儿也发生了这种怪事……但是，不是少了什么地方，而是多了，先是田野多出一点儿，后来，多出的地方越来越多了。一开始大人们还有些好奇，后来他们就习以为常了。但谁也说不清楚，这种多一块地的事是怎么回事，又是怎样发生的。"

"我来是想阻止岛继续失去，我觉得会蔓延到我们现在住的那个最大的岛。"孩子说着说着，都快哭出来了。

"地总是在变大也不是一件好事情……"

"可是只有我这一个小孩子还记得，原来的山脉是什么样的，所以我就决定赶快来给地图大师送信，请他想想办法。"

"我也是从那样的地方来的……"

"我也是这个目的！"

孩子们七嘴八舌，第一个孩子转过身对莎菲说道："你看，我们是从四面八方来的，偶然在这里相遇，但是差不多遇到了同样的事……"他的声音越来越低。

"也就是说，太阳王国自古以来神圣而不可分割的那些部分，现在正在变化当中？"

"啊，"饲养员猛地跺了跺脚，"整个王国正处在危险之中！"

孩子们默默地看了看彼此。

这时，宝塔旁的铜钟敲响了。顺着塔内螺旋的盘升蹬道，莎菲走上了第二层第三层……越往上，蹬道越窄，每一层塔身，各面交错分布着通光的窗孔，每个窗孔前，都挤着站着一些孩子。要在平时，这些孩子们一定会叽叽喳喳呱里呱啦，可是，在这里，他们却异常安静。有的走来走去，有的很小声地交头接耳，还有的坐在地上，忧郁地信手画着什么。

她和饲养员一直上到塔顶，只有那里，没有孩子们的踪影了。

"你们好，"一个苍老的声音响了起来，"是国王的特派员吗？你们怎么也来到了这里？"

顺着声音望去，莎菲看见一个老头正站在塔的尖尖上，手里握着一支粗粗的毛笔，样子很悠闲。

"您应该已经知道，太阳王国正在发生的事……"

老头用手理了理那支毛笔的笔毫，若有所思地俯瞰着他们。

"嗯，"他说，"对，这样的事，经常在发生，恐怕不能马上解决，所以……得让孩子们等很久，就是说，等到他们不再是孩子了，事情就解决了。"

"来报信的孩子多极了，这我明白……但是，这些是怎么会发生的呢？"

"你知道别人为什么称我是地图大师吗？"老头平心静气地说道，"因为我的地图画得好，画得很科学，很直观，能证明我们的地缘政治计划正确，对我们太阳王国疆域的管理具有重大贡献。地图的历史就是地理的历史。我画的地图十分详密，它们印在教科书、杂志、书本上。被我这支笔画到的地方，都会变成太阳王国的一部分。"

莎菲想起了一句古话：普天之下，莫非王土；率土之滨，莫非王臣。"是不是只要您眼睛能看到的毛笔能画下的，就算是咱们太阳王国的领土了？"

老头点点头："以前是这样，但是现在，我们周边那些国家都有了自己的地图大师，我得和他们竞争。有些地方，我不能再往前画了。有些地方，被他们画了去。那些地方看起来就消失了。不愿意离开自己家园的人，他们也许在睡觉的时候就消失了。"

"那太阳王国怎么办？"

"没关系，对王国来说，只是少了某一部分或多了某一部分。要是你看过几百年前太阳王国的地图，你会看见，其实更多的地方已经看不见了。不过，我们的国王很仁慈，他现在不打算和其他国家产生冲突，不想煽动那些小孩子保卫我们的土地，所以，我就继续把地图画得漂漂亮亮的。"

"既然您是地图大师，您一定到过太阳王国的四面八方，那么太阳王国到底应该有多大？它的边界到底在哪里？"莎菲忍不住叫了起来。

"孩子，你还是没有明白，没有'应该'的大小，没有'应该'的边界，所以，要画一张太阳王国'应该'的地图，是完全不可能的。有的地方，再多也没有用；有的地方，就要占为己有。一开始，我们以前曾经居住过的地方，我们固有的领土，如果被别人画去了，我会很难过，看到地图的人，也会因此受到刺激。这是显而易见的。后来，我慢慢习惯了，只要国王不觉得难过，我也觉得无所谓。我已经伺候过三任国王了……地图能使很多人着迷，虽然，通常大家不会认真去分析这一张地图和上一张地图的区别。"

"所以，我们只需要知道与哪些国家毗邻。至于大小，因时因地而异，一切都取决于国王的意志？"

"没错，太阳王国是无边无际的，国王在哪里，哪里就是它的中心。现在，请你们走吧，我要继续画了。"

他们默默地离开了。

不久，他们就来到了迷宫的出口处。跛脚马东张西望地跟在他们背后。这时候，忽然刮起一阵大风，沙子飞扬得漫天都是，花田、树丛和小径的美丽景象变得模糊不清了。过了一阵子，大风停止，夜空晴明，先前的景象全都消失了。只剩下那座宝塔，高大得仿佛直接触到了天空。莎菲停下脚步，一层一层地指着数上去，还能看见那些小孩子们，有的背靠着栏杆，有的面对窗口站着。第八层再往上，就变得暗淡了，似有若无。

渐渐地，宝塔低矮下来，可以看见塔尖了；渐渐地，它缩成了拳头一般大小，再缩成豆粒一般大小，终于完全消失了。那些精致的庞大的沙雕，也开始坍塌，最终，与平坦的沙地融为一体。

T　恐惧公园

他们在沙滩上过了一夜。跛脚马一副有气无力的衰弱样子，但它总是用那双水汪汪的眼睛盯着莎菲看，似乎想跟她交谈些什么。

太阳很早就出现在海平线上，天色逐渐变蓝，日光也变为金色。他们沿着沙滩漫不经心地走着，空气冰凉潮湿。跛脚马慢慢地跟在后面。他们走了好几个钟头，才又走回市区。

"对了，你还没去过我们这里的公园呢。下午我带你去逛公园。"

莎菲本来很想谢绝饲养员的好意，从前她可没少去过公园，她最喜欢坐在公园里看书了。但是饲养员告诉她，太阳王国的公园可是天下独一无二的，从名字就能猜出它的特别，它叫：恐惧公园。

恐惧公园建在一座荒山的背后，一处荒原上。他们爬上去，莎菲看到了一道红色的土墙，土墙上写着公园的名字。下面还有一行小字：恐惧以自己内心对国王的信仰而得到治疗。土墙后面是一个巨大的盆地，上面竖着一座巨大的铁索桥，它层层叠叠，每一层桥面都用红色的铁皮包覆起来，远远看去，就像一条巨大的红色蟒蛇盘踞在那里。阳光在这里似乎也变得火红耀眼，莎菲用手遮住阳光，侧身向下爬去。沿途只有几棵小灌木和野草可以借一借力。

他们终于走进了公园，来到了桥下。一直走到几步开外，莎菲才发现，这里更像是一个长长的隧道，洞口很小，一点朦胧的灯光从洞壁上散射出来。她小心翼翼地向那低矮的洞口走去。她刚走进去，就听到"咔嗒"一声，洞门关上了。

　　现在，只剩下莎菲一人了。脚下的路蜿蜒曲折，一会盘旋而上，一会又螺旋向下。突然，莎菲看到一个巨大的人头雕塑，大背头，顶部扁平，两侧鬓角上方高高凸起，远望像戴错了位置的耳机。莎菲转到正面才看清，原来这正是国王的面孔。它雕得栩栩如生，随着她一步步靠近，它的面部表情似乎也在发生着变化。很难断定国王的表情是在冷笑，还是在微笑。莎菲看了一会儿，这样近距离端详一张被几百倍放大的脸，让她觉得有点怪异。不过她很快就打消了这个念头，崇敬的情绪充满了她的心绪。

　　她继续往前走，两边的墙壁突然明亮起来，闪着银色的光，就像镜子一样。很快，镜中出现了一些图像。一个男人被一群人批斗后用尖刀捅死，肝被挖出，肉被剥下，只剩下一副骨骼。人们用瓦片烘烤他的肉和肝，烟火缭绕。一个女人，裤子被扯掉，大号皂光鞭炮塞入她的阴道后点燃爆炸。有人双手被铁钉钉在墙壁上，慢慢死去。有人被轮奸后打死，剖腹，切乳房，割去阴部……

　　图像反复播放着，有些图像，莎菲会看上好几次。前一分钟，这个人还好好地站着坐着，但是莎菲知道，下一分钟，就会有一群可怕的、不知来路的人，把他打倒，或者把她杀死。再回过头去看刚开始那张平静的脸，就会觉得，这样的脸，每时每刻都有可能消失。

　　突然，莎菲看到了一张自己非常熟悉的脸。这张脸在慷慨激昂地说着什么，但很快，人们冲了上去，先是用铁丝钳住舌头和嘴巴，往里面塞进抹布，然后在背上压下一块厚厚的铁板，这张脸再也抬不起来了。

莎菲感到非常恐惧。镜像中，那个女人被戴上脚镣，被殴打，被拔光头发，被强奸、轮奸，被关进一种只能坐、不能躺卧的特小牢笼里。图像最后，女人坐在自己的大小便里，蘸着经血吃馒头。

莎菲几乎不敢再往前走了，她甚至不敢去想，如果一切成真，那个女人就是自己……不，她绝不会让自己陷入这种境地的，她呆呆地站在那里，只觉得浑身像灌满了铅似的沉重。她跪了下来，匍匐在地，开始赞美起国王的伟大。她拼命磕着头，一个接一个。恐惧的感觉似乎减轻了，但她还是不停地祈祷着，祈祷他永远健康，万寿无疆。她不知道国王是否能感觉到她的诚心诚意，她只觉得现在分秒必争，好像少说一句虔诚的话，自己就会被嵌进那恐怖的镜像中。

但是无论如何，她得站起来，继续向前走。

她头也不抬，只低着头，一步一步孤零零地，拼命向前走着。本来，她总认为自己内心独立自由，喜欢独来独往，现在，在这与世隔绝的隧道里，自己似乎变成了一个游游荡荡的孤魂，这种寂寞使她想属于一个集体，被一个集体接纳，她多么希望尽快走出这里，回到人群当中。

就在她以为自己没法走出这恐惧公园的隧道时，突然，阳光从顶上洒了下来，同时，眼前的所有镜像顿然消失，消失得那样干干净净，以至于她觉得，自己一定是做了一个噩梦。大门豁然开启，饲养员和跛脚马就在门边等着她。

"你走过这段路没有？我看到了许多很可怕的图像……"

"我们每个人都来过这里很多次，从小到大，每年的各种节日，头一天，我们都会在这里度过。国王告诉我们，恐惧不仅是正当的，而且也是必要的。'灵魂没有经过恐惧磨难的那些人，就会变成我们的敌人。'这是他老人家最常说的话。"

莎菲战栗了一下，不过她觉得，这是少有的兴奋的战栗。"我觉得在他老人家面前，自己就像一个新生的婴儿那样无力。"

"对，国王总是说，每个人都是独立的个体，所以，我们每个人都要单独地靠自己向严厉的他老人家忏悔、赎罪、祈福。你还记得公园入口处那句话吗？"

"恐惧以自己内心对国王的信仰而得到治疗？"

"对，就是这句。只有靠这种信仰，我们才能摆脱恐惧；只有绝对温驯，我们才能得到国王的恩典。"

他们重新回到了入口处，莎菲再次看见了那句话。她和饲养员一起，顶礼膜拜起这句话来。在她离开这座公园的时候，她感到十分轻松，心情也很愉快，她甚至坐在马背上，开始无缘无故地大笑。

U 参观大众机器人工厂

出于对集体生活的渴望，莎菲强烈要求饲养员带她去一个"人最多的大集体"看看。

"正好，离这里不远，就有一个厂办大集体。"

这是莎菲见过的最怪异的工厂。工厂的布局乱七八糟，毫无规则，没有一条路是笔直的，也看不出有什么秩序。沿着厂房的墙根，是一连串的坑洞，一群人围在那里，于是她也跳下马，挤进去看。一个男人赤身裸体，被带到大家面前，人们开始嘲笑他。这时，一个身穿制服的警卫出现了，先是要求男人两只脚踩在两个坑洞里，然后警卫命令他弯下腰，抓紧自己的脚踝，再一个脚一个脚地抬起来，踩到另一个洞中，依次往复。男人一遍一遍地做着。直到他做得越来越好，看起来轻盈，不费吹灰之力。人们不再嘲笑，相反，向他投去了惊愕而崇拜的眼神。

莎菲看了一会儿，这时，一群人从她身后走过。她回过头，发现这群人里男女老幼都有，有的高有的矮，有的胖有的瘦，有的留着长长的胡子，有的披着长长的头发，但他们的脸都很相像，看起来就像是从一个模子里刻出来似的，单看长相，让人几乎难以区分谁是谁。他们每个人都拉着一辆车子，很卖力地向着一个方向拉，过了一会儿又拉回来，片刻不停，又向同一个方向拉去。虽然车子看起来一点儿也不轻，但他们的表情就像老黄牛一样温顺、安详。她拦住一个问："你们这是在干什么？"但是那人没有回答她，脸上也没有任何表情。

"他们不知道自己要到哪里去、在干什么，他们只是服从命令。"饲养员解释道。

继续往工厂深处走的时候，莎菲发现，这里真的聚集了很多人，他们看见她时，既不向她点头，也不和她打招呼。事实上，他们彼此之间也完全不交谈。无论在什么地方，他们都成群结队，看不见一个落单的人。当他们行走时，一个的手挽着另一个的手，像钟表一样，嚓嚓地向前、向左、向右、向后。

"为什么我觉得他们走起路来很机械，有点像机器人？"莎菲一边仔细观察他们，一边问身旁的饲养员。

"对，这里就叫大众机器人工厂，你可以把整个厂看作一架机器，在这里工作的每一个人都相信自己是一台机器，同时也是另一台更大的机器的零部件。"

"他们都是从哪里来的呢？"

"来自全国各地。不过想进这个厂，得满足一个先决条件，得没有根才行。他们都像你一样，在这里，无家无业。正因为这样，可以随便给他们任何工作干，他们都会干得津津有味。"

莎菲在一个车间前停下了脚步，屋子里站满了人，每个人都在用力砸着什么。走近看才发现有的在砸铁锅，有的在砸铁门，有的在砸铁窗，还有的在剪铁丝网。在这个车间的旁边，另一群人正在搭建土制的高炉。有的在叠砖，拿泥土把它们一块一块糊起来，一直糊到三四米高。有的在堆瓦，在炉顶上堆出一截一米来高的烟囱。每个人都在匆忙地工作着。在这个车间的后面，是一座高高的山，山上也站满了人，有的拿着棍子挖，有的拿着铲子挖，还有的专门看挖出的东西里有没有黑色的，是黑色的就往高炉前运。

"他们这是在干什么呢？"

"是在准备大炼钢铁呢。咱们整个太阳王国正在为生产1070万吨钢而奋斗呢。钢铁产量上去，才能体现咱们太阳王国的现代化和强大性啊。"

不久，整个工厂都弥漫起一股硫黄味道的烟气。站在山坡上望下去，真是十分壮观：人们推拉着用木条钉成的圆筒形风箱向炉子内鼓风，一座座土高炉冒着熊熊的火焰，红彤彤光灿灿的铁水流到地面上开好的槽子里，把整个厂区照得通亮。每个人都在一边干活一边不断地重复着一首长长的歌谣，听起来很铿锵，很有力：

> 和生命有关的活动
> 全都是机器的工作
> 社会就是一台机器
> 我们全都要像机器

我们就是原料

我们没有个性

我们就是工具

我们没有情感

我们就是沙子

我们没有思想

我们是螺丝钉

形成一个整体

向一个方向拧

力量不可阻挡

吝啬鬼会变得大方

怀疑的人变得虔诚

胆小鬼会变成英雄

诚实的人变成罪犯

为了集体的利益

牺牲个人的利益

我们都是大众人

我们在群体当中

我们不署名

我们不独立

我们不承担

要么全盘接受

要么全盘推翻

要么绝对真理

要么绝对谬误

我们不追求真理

让我们昏睡的人

是我们的太上皇

让我们清醒的人

是我们的牺牲品

　　冷却后的铁块黑乎乎的，各式各样，有大有小，孩子们跳着、欢叫着，为它们扎上红丝带，堆在厂门口。每个人都喜气洋洋的，因为每一块铁都是通过所有人流水线一样合作制造出来的。看着他们不停地工作，一个人总是在协助另一个人，尽管自己的脸已经被烟熏火燎得黑一块花一块，莎菲还是感到像过年一样快乐。

　　"这里的气氛真棒，这首歌也真棒，我要把这里的一切写成一部音乐剧。用机器用节奏用脚步声构成宏大的背景，让一堆红色的群体人在前面放声高唱！对了，我得问问版权的事儿，你知道这首歌是谁创作的吗？"

　　饲养员惊讶地看了一眼莎菲，摇了摇头："为了能多快好省地建设好我们的王国，就必须有更多的人一起，协调一致，拧成一股力量，忘我工作。大众的意思就是共同，他们已经习惯了共同行动，这里所有的人都没有自己的名字，也没有必要。他们从来不知道有'我'这个字，他们永远只会说'我们'。他们就是一个人，一个人就是他们。他们每一个人都叫大众，你不觉得这样很方便吗?"

莎菲的脸腾地红了，她觉得自己还没和他们融汇在一起，还没真正属于这个集体。正当她惭愧地想写下点什么的时候，突然听到了一声惨叫。原来，又一炉铁水炼好了。铁水开始往外流，最边上的一个人忽然脚下一滑，坐到了铁水上，只见他的屁股下一团青烟冒起，一瞬间，那人的两条腿就成了两根黑棍子。莎菲吓得赶紧闭上眼睛，可是歌声并没有停，她重新睁开眼睛，发现人们只是把那人抬到了旁边，其他人仍在边唱边工作，好像没发生任何事情一样，他们的团结也没受到任何影响。

"少了一个同志，他们不难受吗?"

饲养员微笑了："他们一个也不少，为什么要难受呢?"

莎菲再次惭愧地低下了头，她在纸上匆匆记下：他们既不对死去的人表示哀悼，也没有任何抱怨，他们只字不提已经发生的事情。因为他们要惜时如金，争分夺秒搞建设。

V 埋头苦干的主编大人

一早，饲养员就叫醒了莎菲，说是今天要带她拜会一下整个太阳王国最有文采的人。他们来到一座看起来很不起眼的建筑物前，饲养员敲了敲门。一个胖胖的矮个子老头出现在门后，他看起来总有70多了，身上穿着一件皱皱巴巴、沾满油墨黑渍的外套，满头大汗，汗珠子还在滴滴答答往下掉，这使得他鼻梁上架着的那副厚厚的眼镜一个劲儿地向下滑，脸色却又很苍白。

"今天我带来位年轻作家向您学习学习，您是不是在忙？"饲养员谦恭地问道。

"我正在忙着加评论呢，现在有些年轻人写的东西越来越不像话了，得把它们都偷偷换掉。办报可不是那么容易的，尤其办的是国报。你得巧妙地制造一种语境，让看报的人思想跟着我给指出的方向走。"

他们跟在他身后往里走。莎菲发现，他们置身于一个巨大的房间里，越往里越昏暗，靠墙摆满了报纸，一直堆到天花板。书架上摆满了大大小小、各种各样的书，有的开本大，有的开本小，有的封面是皮的，有的封面是布的。屋顶上吊着一盏巨大的灯，但是被堆得像小山一样的书遮住了很大一圈光晕。

"您为什么要在报纸上加评论呢？"

显然，忙碌的主编大人很不高兴自己的工作不被理解，他怒气冲冲地转向莎菲："报纸，就得提供一些关于事实的信息报道对不对？作为人民的耳目喉舌，新闻得看起来客观！所以就需要我加上评论、诠释，我会给我们的读者提出好几个合乎情理的观点，这样，那些自认为有思想的人的思想，就会被引进这几个观点当中打转转。"

莎菲犹豫了一会儿，才鼓足勇气开口问道："那您觉得，新闻自由重要吗？"

老头不赞成地瞪了瞪她，说道："不管在哪一个国家，言语都不可能有完全的自由，总有些'不准发表的'东西。不给报纸把关，任何一个政府都无法生存。年轻人，你记住我这句话：报纸自由了，人也就自由不了了。"

说完，老头又转向饲养员："她不是这里的人吧，她不是国都的人，也不是这个王国的人，你带她到这里来做什么？"

"她愿意效忠国王，愿意为王国编新的歌词和故事。"

"这个世界上最有名的国家的首都，就在这里，"老头骄傲地冲莎菲说道，"没有一个国家，没有一座城市，像这个国家、这座城市这样，每天都有那么多故事发生。所以你看，是我首创了'万花筒'版面布局法，这可是申请过王国专利的！"

"您是说，把版面设计得像万花筒一样五颜六色吗？"

老头冷笑起来："我主编的国报，只有黑白两色。我的意思是，用流言蜚语、互相矛盾的小道消息、娱乐八卦、商业广告、名人照片来冲淡重要的新闻。要知道，只有制造出大量杂乱无章的消息，才会温和地转移、分散掉读者们的注意力，省得他们去思考、去记忆。这样，他们才会既注意到那些重要的新闻，又视而不见。"

莎菲听了，小心翼翼地掏出纸和笔。这种认真做个好学生的劲头打动了老头，他抬起一只胳膊摘下眼镜，打量了一番站在他面前的莎菲，眯缝起眼睛点了点头，然后又戴上眼镜，用那粗大的右手食指关节敲了敲桌上的一份纸样。

"你看这里，记者只写了'消灭敌人'，这可引不起什么情感，你看看应该换个什么词儿？"

莎菲想了想，却不知道该怎样修改，她咕咕噜噜地嘀咕道："啊⋯⋯消灭干净敌人？"

老头摇了摇头："听着，得改成'真该将他千刀万剐，以解我人民群众心头之恨'！"

莎菲默默地点了点头。

"你再看这一句，为什么我要把'给敌人脸上抹黑'改成'把敌人彻底搞臭'？"

"因为，"莎菲情不自禁地吸了吸鼻子，"您改的这一句，能使人立刻产生很不舒服的想象，'臭'这一个字就让我好像真的闻到了一堆大粪，这样一个敌人也好像真的臭气熏天地站在了我的眼前，谁见了都恨不得捏着鼻子绕开走。"

"看来你很聪明，注意到了气味的意义，你想想，为什么我们会用香喷喷形容我们爱的人？唉，可惜我以前的人们全都忽略了这一点。"

莎菲若有所思地点点头。

老头耸了耸眉毛，他的目光扫过那些报纸、书架，然后用手指了指它们："我对全世界的报刊都有研究，最近我正在做一项浩大的工程，就是消灭掉那些同义词，我要把过于庞大、丰富、多彩的词语意义变得单一，这样，年轻人就只能单调地重复那些单一的词。他们实在是太叽叽喳喳、吵吵嚷嚷了。所以现在，请你们走吧，别影响我干活了！"

W 国王的宫殿静悄悄

终于来到了太阳王国之旅的终点。

跛脚马完成了自己的使命，被饲养员重新关进了马厩。在饲养员陪同下，莎菲带着幸福的微笑走进一个开满鲜花的花园，到处都是香气四溢的花朵，什么颜色都有。

"这条弯弯曲曲的小路通向国王的宫殿。国王喜欢安静，你就自己去找他汇报吧。"

莎菲谢过了饲养员，沿着那条曲折的小径向前走去。一边走，她一边忍不住在心底呼唤："尊敬的国王，我回来了！"花园大得一望无际，她感到这种呼唤本身给了她一种难以形容的力量，她情不自禁轻轻喊出了口。花的香气更加浓郁了，她也越来越兴奋。

终于，在她面前出现了一座红色的宫殿。她敲了敲门，就听见久违的亲切的声音喊道："进来，莎菲，你辛苦了！"

她推开门，看见一个明亮的房间，很大，布置得看起来很舒适。靠窗摆着一张大圆桌，上面摆满了大大小小的糕点、水果。阳光从窗口射进来，照着桌旁坐着的国王脸颊红红的，看起来那么健康，那么富有生气。

在最初的瞬间，莎菲真想张开双臂扑上去大声喊："国王，亲爱的国王，我回家了！"但是她克制住了。

"坐下吧，莎菲！"国王指了指自己对面的一把椅子。

她一把拉开椅子，结果椅子腿跟地砖摩擦了一下，声音相当刺耳。国王立刻皱了皱眉头："我的王国，是不是充满了噪音？"

莎菲迟迟疑疑地坐了下来，她不知道他为什么要这么问。

"不知你是否知道，声音，它的节奏、它的强度，会影响人的思维、意识和潜意识。伟大的思想，都发生在静默之中；伟大的思想，都迈着鸽子般轻盈的脚步而来。"说着，国王俏皮地轻轻敲了敲自己的脑袋，"可惜，我的国民们，已经完全失去静默的能力了。不过，喧闹也有喧闹的好处，这样，他们就不需要浪费精力进行思考了，就让我来代替他们思考吧。"

国王低沉的声音里，有一种不可抗拒的力量，莎菲只能不停地点头。

"现在，请你告诉我，你在我的王国里，都看到了些什么？"国王轻轻地问道。

就这样，莎菲开始讲述她的经历。她详细地讲了自己在太阳王国里经历的一切，一直讲了好几个钟头。国王倾听着她的讲述，直到她讲完，仍然坐着一动不动。他们在静默里坐了几分钟，国王才深深地吸了一口气，他看着莎菲的脸，笑了笑，"从现在起，"他突然用了一种完全不同的、很严肃的声音说道，"从现在起，你将为我们写出另一个样子的太阳王国，对不对？"

莎菲点点头。她感到心里充满了一种说不出的自豪感。

国王为她在宫殿一角开辟了一个书房。每天早上，她起了床，洗了脸，穿上衣服，就在书桌前坐下。一日三餐，有人为她准备好吃的喝的。她的情绪也特别好，打开窗户，就能呼吸到花园里的新鲜空气。有时候，她就躺在草地上、树丛里，闻着鲜花的芳香，看着蜜蜂蝴蝶围着花朵忙忙碌碌，听着鸟儿唧唧叫上几声，对着太阳眯起眼睛打上一会儿瞌睡，她在等灵感像风一样暖暖地流过她的大脑。

宫殿里什么都有，就是没有书。为她准备三餐的女服务员告诉她，那些书被烧掉是因为它们没有任何正面力量，只会制造混乱。"所以我们在等你为我们编写新的。"

她就这样，在国王的宫殿里过了一天又一天，一周又一周，一年又一年。

她和国王，再也没有交谈过。

偶尔有一两个瞬间，她有点厌烦了这里的生活。另一种完全不同的渴望，会在这样的瞬间冒一冒头。

但是——

X 未知……

有一个梦，伴随莎菲多年。虽然不是每夜到来，却也相当经常。

她梦见自己坐在一座红色的宫殿前，在她面前，是蓝色的大海，一块小舢板在水面上颠簸，突然，一个很高的浪摔下来，打翻了舢板。一个声音从远处传来："只要保持沉默，就会要啥有啥。"

她睁开眼睛，声音消失了，但她知道这声音来自她的大脑。

她走进书房，她对自己小声说："现在，我准备好了。"

她在桌前坐下，眼睛在稿纸上停留了很久。每一张都是空白页。没有饲养员，没有跛脚马，没有事件，没有对话。

写吧，写什么都行，让我听一听笔落在纸上的声音吧，她对着天边升起的朝霞祈求道，只有笔落在纸上的时候，我才能感受到一种真正的平静。以前，我很能写。词，句子，整页整页。我只是想写写很久以前我经历过的那些事，再不写下来，我担心会忘掉。

她拿起笔，笔开始颤抖。似乎有一种反对讲述的力量。笔不想写出任何可以读的文字。

很多图像，在她眼前一次又一次地旋转。记忆，讲述的次序，她已经记不太清先后的顺序了，因为距离那次旅程结束，已经有很长时间了。

一定要等一等，再等一等。这种情况会慢慢过去。她会重新开始的。只要开一个头，然后其他部分也就写下去了。肯定可以重新开始的。

这又是太阳王国美丽的一天。而她坐在书桌前等待着，等得关节也有点儿僵硬了。

思绪像雾霾一样，除了雾霾，什么也没有。她在自己的思绪里迷了路，看不清方向，只能摸索前进，但是雾霾太严重了。

她还没能穿过雾霾。

她从来没有感到像现在这样的平静，或者这样的绝望。

做一个温柔而勇敢的人

（后记）

　　我的《收获》同事王继军说过这样一句话：你要像那些优秀的画家一样，画一个苹果，就可以画出一个世界。

　　因为一些契机，2008 年开始，我意识到写作应该反映所谓的社会本质，这个本质背后，是要有意义焦虑和启蒙（？）／救赎（？）意识的。

　　于是我开始尝试，如何把对历史的思索放进普通角色里，就在一个普通的叙事格局里，也用类似过去我所擅长的情感叙事，来抛出疑问与挣扎。

　　我最早还是在传统小说的套路上尝试处理历史记忆，这就是之前的一部长篇《怪兽》。在这个尝试过程中，我尤其发现，只审视人物，不审视自己，是无法产生对人物的感动的。同情之理解，理解之同情如何尽力接近？

　　所以到了这本书里的《骨头》《水下》，我以真实事件为背景，以虚构的人物、虚构的情节来推动。实际上只是利用了背景而已。《水下》设计了一个投水自杀的作家，我却站在他那多年承受背叛的妻子一边，试图寻找出残酷年代下小环境残酷的原因。

这两篇之后，我开始尝试用类型小说的方式处理严肃的命题。比如《莎菲奇遇记》（借鉴的是童话）。

我确实是用小说的形式反刍了我已知的东西，如果它们除了对我自己形成的意义之外还有其他的意义，那么就在于试图提醒读者，这些已经被当代记忆排除在外的、被击溃、被消失的人，曾经存在过。

这组小说最大的问题是，我把那些人物当成了标本，我放弃捕捉他们彼时生命的样貌。他们就像无根之木。我将一个个假人重新抛向自己的世界，去填补自己的问题。但我没有为他们发声，我只是在一个个书写的过程中，试图在那一夜假如来到时，"不要温顺地走进那个良夜"。在"语言即正义"这个层面上，想象他们是可能的，书写他们是不可能的。

关于那些已逝的人，鉴于我下一个对象是胡风，我以此为例吧。我的构思设定是写一个鬼故事，串起文字狱史上的一些冤魂。但我不会再把他们处理成原地等待我的假人，我会让他们在这个世界里有所作为，就是说，主人公不再是以观看者的叙事姿态，而是在自己的流亡岁月里回看自己曾经得到过的来自鬼魂的一次次暗示（包括胡风、包括方孝孺等等），但他一次次听从了自己成名、进入历史的野心，最终妻离子散，一个人寓居遥远的异乡（这个也有原型）。我也想把自己放进主人公的内心，重新认识自己的野心。我意识到，过去那几个作品只是呈现出了历史伤害本身，但没有作为，没办法开始一个没有过去负担的未来。这样的话，我自己也成了那些伤害的俘虏，我也被我反对的东西伤害了。

关于过去的负担，一种是选择无视，专注自己，依靠自己找寻自身生命的个体存在意义。这样的人不会变成盐柱。但我已经因为各种原因回头看了，我是不是要甘于变成一根盐柱呢？

我要确立小说人物的自我能动性。如果我认同了历史是与生俱来的，那其实是天真而危险的。过去的写作我执着于在既定历史层面找出点差异，其实还是被困在原来的位置。如果没有重新建构身份的可能，那么所有的书写又到底所为何来？

所以目前，在我新的尝试里，我将自己放了进去，我希望能将对历史的想象拉回历史伤痛的发生场域。

而一次次地回看过去，看那些曾经令人信以为真的虚假之物，会比较清晰。

二十几岁时，我恋爱的对象是一场运动一个地方上的学生领导，当时他对我说，做一个温柔而勇敢的人是多么困难。很多年后和今天我才意识到，温柔而勇敢，如此困难。温柔是人与人的关系，是意识形态无法清零的那一部分。勇敢是你承受选择的艰难，承受对自己的失望。

所以，也许可以这么说，我写的和那些人物没有关系。那些文本只和我自己有关。我写的一切，都是我自己的一切。

走　走

2016 年 11 月